लॉकडाउन

अनुभव अपने-अपने

साझा-संकलन

संपादन/संकलन

डॉ० सुधा चौहान 'राज'

अध्यक्ष
अ.भा. संस्कृति साहित्य मंच

अंजुमन प्रकाशन

अंजुमन प्रकाशन
942, मुट्ठीगंज, प्रयागराज-3 उत्तर प्रदेश, भारत
www.anjumanpublication.com
contact@anjumanpublication.com

प्रथम संस्करण अंजुमन प्रकाशन द्वारा 2021 में प्रकाशित

आवरण व टाइप सेटिंग : अंजुमन प्रकाशन

ISBN : 978-93-91531-00-3

Avkash Chauhan

Engineer turned entrepreneur living in the 20 years. He has worked all over the world mainly 8 years at Microsoft, Redmond Washington USA, 2years at H2O.ai, Mountain View CA USA, 2 years at Macnica, Tokyo Japan. Besides it, he has founded 2 technical startups with limited success.

दूसरों की मदद व अन्य तकनीकी पेशेवरों की सहायता को तत्पर। भारत में शैक्षिक प्रणाली में सुधार करने के इच्छुक हैं ताकि आर्टिफिशियल इण्टेलिजेंस के साथ और अधिक व्यवसायिक शिक्षा को तैयार किया जा सके ।

Twitter: @avkashchauhan

परिवर्तन

"कोरोनाकाल के एक साल में हमने कई बदलाव दुनिया में देखे हैं। इसमें हम एक नये विश्व को समझेंगे, इन दस प्वाइंट के द्वारा।"

१-Undocumented Exploits - यानी कि ऐसे तरीके खोजे जायें जो कहीं भी डाक्यूमेण्टेड नहीं हैं। इस स्केल पर सौ साल पहले वायरस आया था। उसके बाद यह पहला वायरस है, जो इतने बड़े स्केल पर आया। इससे निबटने के लिए कोई भी देश तैयार नहीं था। आज जब किताब लिख रहे हैं, तो देख सकते हैं कि जो वैक्सीन पहले, पाँच से दस साल में बनायी जाती थी, वो एक साल के अन्दर बना ली, टेस्ट कर ली और डिस्ट्रीब्यूट हो गयी।

२-Social Changes - सोशल का जो एडॉप्शन था, लोगों से मिलना जुलना, पर्सनल हो या बिजनेस, वह सारा डिजिटल हो गया। लोगों ने समझा कैसे सामाजिकता बनायी रखी जा सकती है, फोन, कम्प्यूटर व स्क्रीन टू स्क्रीन, फेस टू फेस, बात करने का तरीका अपनाया।

३-Family Fabric-पारिवारिक ताना-बाना में बदलाव हुआ। जो रिश्ते बीस सालों से जंग खा रहे थे, वह जीवन्त हो गये। परिवार का महत्व समझ आया और बहुत से टूटते रिश्ते फिर कोरोनाकाल में जीवन्त हो गये। पति-पत्नी, माता-पिता और बच्चों को भी एक पारिवारिक परिवेश और एक-दूसरे का प्यार मिला, आगे यह बढ़ेगा।

४-Digital Life-डिजिटल लाइफ में अपनी दुनिया खुद बनाते हैं।अपना डिजिटल परसोना तैयार करते हैं, पसन्द की वेबसाइट, ब्लॉग, न्यूज चैनल, स्पोर्ट, मार्केट चूज करते हैं। वह जानते हैं कि इनके द्वारा हमें अनफिल्टर्ड करेक्ट जानकारी मिलेगी। अब लोग दूसरों के घरों में डिजिटल माध्यम से घुस जायेंगे। यह बदलाव हम सात साल के बच्चे से लेकर सत्तर साल के वृद्ध में देखेंगे।

५-Education-बीस साल पहले की तुलना में इंफार्मेशन के सोर्स बहुत बढ़ गये हैं। पहले बच्चे परिवार में सीखते थे, दादी-नानी, शिक्षक या पुस्तकों के माध्यम से पढ़ते थे। लेकिन आज इंफार्मेशन सोर्स विस्तृत हुए हैं।सबके हाथ में इण्टरनेट है और लाखों-करोड़ों सोर्स सामने हैं, च्वॉइसेज बहुत हो गयी हैं। पहले कोई हिस्टोरीकल या साइण्टिफिक टॉपिक पढ़ना होता तो उसको ढूँढ़ने में बहुत समय व पैसा लगता था, अब सेकेण्डों में वह नेट के माध्यम से सामने आ जाता है। इस तरीके से बच्चों की ग्रोथ बड़े डिफरेण्ट तरीके से हुई है। आज बच्चों को पता है कि वह क्या पढ़ रहे हैं, उसका क्या यूज है।

अगर सभी कण्ट्री इस फॉर्मेट को समझ जायें कि किस तरीके से नेक्स्ट जेनरेशन को जल्दी तैयार किया जा सकता है, तो बच्चों का उचित मार्गदर्शन करके उनको बहुत ही पॉवरफुल, ब्रिलिएण्ट बनाया जा सकता है। उनको शेप देने की जरूरत है, आगे ऐसा ही होगा।

६-Being Natural-आज इंसान को नेचर ने समझा दिया कि प्रकृति का जीवन में कितना महत्व है। हम कितने ही विकसित देश बन जायें, परन्तु कोरोना जैसी एक ही बीमारी काफी है, सारी दुनिया को तबाह करने के लिए, उसके इम्पैक्ट सालों याद रखने के लिए।

भारत में पंजाब से हिमालय की बर्फीली चोटियाँ नजर आने लगीं, नदियाँ निर्मल हो गयीं, आवागमन बन्द होने से हवा प्रदूषणरहित हो गयी, लोगों की बीमारियाँ अपने

आप घटने लगीं। अगर यूँ कहें कि प्रकृति भी कम्प्यूटर की तरह रीबूट हो गयी, तो गलत न होगा। यह प्रकृति ने स्वंय ही कर लिया और इंसान को समझा दिया कि वह उसके हाथ का खिलौना है। उससे खिलवाड़ न करे।

७- Globalization-एक-दूसरे की हेल्प करना। जैसे रिसर्च या वैक्सीन बनाने में किस चरण पर काम चल रहा है, यह सारा डेटा एक दूसरे से शेयर करना। एक देश के इम्पैक्ट को दूसरे देशों से नापना और फिर उसका स्ट्रैटजी तैयार करना, यह ग्लोबलाइजेशन का अलग नजरिया समझ में आया। कोरिया, ताइवान, और इण्डिया जैसे देशों ने अपने यहाँ कोविड से सामना करके स्थिति को अच्छी तरह सँभाला जबकि इंग्लैण्ड, अमेरिका जैसे बड़े देश इस पर नियंत्रण न रख सके। ऐसा होने पर इन पर लोगों का विश्वास कम हुआ।

८-Bipolar World-बाइपोलर एक बीमारी का लक्षण होता है। इसमें मूड स्विंग होता रहता है। तात्पर्य है कि कोविड के बाद दुनिया बाइपोलर की स्थिति में आ गई है। हर देश की स्थिति स्थिर नहीं है। कोरोना आया तो हर देश की सरकारों ने रिसर्च, वैक्सीन, मेडिसीन बनायी, गरीबों को फाइनेंसियल व खाने की सुविधा मुहैया करायी। ऐसा करने से स्थिति यूँ बनी कि कभी तो अच्छा हो जाता, कभी कम हो जाता, तो जो अटेंशन स्पैन था लोगों का, वह कम होता चला गया क्योंकि हर व्यक्ति परेशान था। कोरोना की स्थिति आज भी अस्थिर है। वह कब बढ़ने लगे, कब घट जाये और कब इतना बढ़ जाये कि फिर से सब कुछ बन्द करना पड़ जाये। तो कोरोना के साथ-साथ वर्ल्ड की स्थिति भी बदलती रहेगी।

९-Ingenuity- यानी कि एक नयी सोच डेवलप कर प्राब्लम सॉल्ब करना मतलब पहले के तरीके के बजाय बिल्कुल नयी सोच, नये तरीके लाना। "इंजीनियस वे टू सॉल्ब प्रॉब्लम।" जिसकी जो प्रॉबलम थी, उसे अपने तरीके से सॉल्ब किया। वैक्सीन कम्पनी ने दस साल के समय को एक साल में बदला, स्कूलवालों ने ऑनलाइन शिक्षा दी। किसी ने ऑनलाइन बिजनेस चलाया। कम्पनी ने वर्क फ्रॉम होम, चालू किया और ९० प्रतिशत लोगों को घर से काम करने को कहा। इसको सुचारू रूप से चलाने के लिए नये सिस्टम, नये सॉफ्टवेयर बनाये। इस तरह से सभी ने प्रोडक्शन बढ़ाया।

१०-Summary-कोविड अभी गया नहीं है, वह यहीं रह जाने वाला है। अन्य

बीमारियों की तरह। लोगों में रोगप्रतिरोधक क्षमता भी अपने आप बढ़ती जा रही है। हमारी सारी लाइफ कोविड के कारण बदल गई है। मानव जीवन के एक लाख साल का इतिहास बताता है कि इंसान में परिस्थितियों के आधार पर बदलने की बहुत बड़ी क्षमता है। हम इस कठिन परिस्थिति से भी जीत जायेंगे और एक नये समाज, नये संसार का निर्माण करेंगे, जो पहले से भी अच्छा होगा।

डॉ० कपिल देव प्रसाद मिश्रा, बनारस

बी.एच.यू. में बहुत समय तक रहने के बाद विश्वविद्यालय अनुदान आयोग दिल्ली से अवकाशप्राप्त हैं। आज भी उनकी सेवा अधिकतर सरकारी आयोगों में ली जाती है। देश-विदेश से चार हजार सम्मान प्राप्त । वह समाज सेवा के क्षेत्र से जुड़े हैं। करीब पचास बच्चियों का विवाह करा चुके हैं। मोबा. ९६१९१९२७२७।

शुभकामनाएँ

कोरोनाकाल में जो हुआ, हम भुक्तभोगी हैं। इस पीड़ा को हम सालों तक नहीं भुला पायेंगे। हमारी आने वाली पीढ़ी आज से दस-बीस साल बाद इसे एक इतिहास के रूप में जानेगी, मार्गदर्शन के रूप में स्वीकारेगी। किस तरह से विश्व पर आयी इस महामारी को भारतवासियों ने अपनी सूझबूझ, दृढ़ इच्छाशक्ति, त्याग, तपस्या, सीमित आय, परोपकार की भावना और अपनों के साथ के कारण, इससे निजात पाते हुए अपने जीवन को बचाकर रखा। इस महामारी के समय "वसुधैव कुटुम्बकम्" की भावना देखने को मिली।

आज समाज एक नया प्रयोग, नया जीवन दर्शन, नयी टेक्नॉलजी और नये परिवर्तन के दौर से गुजर रहा है।

मैं जानता हूँ कि डॉ० सुधा चौहान जी ने कोविड-१९ के अनुभव के दस्तावेज बनाकर एक बहुत बड़ा और सार्थक कार्य किया है। यह सालों-साल के लिए सुरक्षित हो गया है। मैं उनकी लगन, साहित्य के प्रति निष्ठा और निःस्वार्थ भावना से किये गये इस कार्य के लिए शुभकामनाओं सहित उनके उज्जवल भविष्य की कामना करता हूँ।

डॉ० सुधा चौहान 'राज'

पति- श्री राजेन्द्र सिंह चौहान

शिक्षा- ग्रेजुएशन, मनोविज्ञान, शिक्षाशास्त्र, ट्रिपल एम. ए. इतिहास, प्राचीन इतिहास व संस्कृत, डिप्लोमा- सनातन वेदाचार, योगाचार्य। विक्रमशिला हिन्दी विद्यापीठ बिहार से मानद की उपाधि।

सम्पादन- करीब चौबीस पुस्तकों व पत्रिकाओं का संपादन।

लेखन- प्रतिष्ठित समाचार-पत्र एवं पत्रिकाओं में रचनाओं का लगातार प्रकाशन।

पता-आर ४४ महालक्ष्मी नगर, इन्दौर, म.प्र.

मोबा.-९८२६०३०९९३ फोन-०७३१-४०६८२४२

email_sudha.s.chauhan@gmail.com

कोरोना की दूसरी लहर

कोविड-१६ जैसी एक बीमारी आयी, सारे संसार पर छायी और अचानक सब कुछ बन्द हो गया, जनजीवन स्पन्दनहीन हो गया। यह एक ऐसा समय था जो आज से पहले न देखा था, न सुना था। कोरोना में पैसा, पॉवर, पॉलिटिक्स सब बेमानी साबित हो रहे थे।

प्रमुख बात सामने आयी कि प्रकृति परिवर्तनशील है, विनाश एक अकाट्य सत्य है और यह भी सत्य है कि प्रकृति का जब सन्तुलन बिगड़ता है, तो हर सौ साल में एक महामारी आती है और प्रकृति अपने आप को सन्तुलित कर लेती है। आज सारे विकासशील और विकसित देश निःसहाय हो देखते रहे, कोई कुछ भी नहीं कर सका, मौत का आँकड़ा बढ़ता रहा, लोग काल के गाल में समाते रहे।

इस एक साल में बहुत से बदलाव और "दो गज दूरी, मास्क है जरूरी" के नारे के साथ हम फिर से उठ खड़े हुए।

जब मेरी पुस्तक समाप्ति की ओर थी तभी कोरोना की दूसरी लहर का आगमन हो गया और शहर श्मशान में बदलने लगे।

जनवरी २०२१ में देश में कोरोना मरीज दस-पच्चीस ही रह गये थे। वह भी केवल महानगरों में। अचानक फरवरी के आखिरी सप्ताह में मरीज बढ़ने लगे और मार्च में आँकड़ा पचास हजार के पार निकल गया। महाराष्ट्र में हालात बहुत खराब हो गये और फिर ५ अप्रैल को एक लाख मरीज हुए, दस दिन में डबल यानी कि दो लाख मरीज २० अप्रैल तक तीन लाख और अगले दस दिन में ३० अप्रैल को यह संख्या चार लाख को पार कर गयी।

इतने मरीज बढ़ने पर सारी चिकित्सा व्यवस्था चरमरा गई। मरने वालों की संख्या बढ़ते-बढ़ते रोज तीस से पचास हजार पहुँच गयी। श्मशान में शव जलाने की व्यवस्था ही नहीं हो पा रही थी। चौबीसों घण्टे शव जलाने पर भी आठ से बारह घण्टे की वेटिंग चल रही थी। कहीं-कहीं तो दूसरे दिन नम्बर आ रहा था। गाँवों से लकड़ियाँ मँगवाई जा रही थीं। सड़क के किनारे भी शव जलाये जा रहे थे। कोरोना की बॉडी परिजनों को नहीं दी जाती थी। अतः कुछ जगह निगम व अस्पताल के कर्मचारी दो-तीन शव एक साथ जला रहे थे। कुछ तो ऐसे ही मरघट में फेंक कर चले जाते थे। गंगा के किनारे रेत में दबे कोरोना के हजारों शवों को पुलिस ने बरामद किया है। हर ओर लाशों के ढेर और मौत का सन्नाटा था।

रोज ही किसी न किसी के मरने की खबरें मिल रहीह थीं परन्तु कोई किसी के दुख में शामिल नहीं हो पाता। हर किसी को मौत की आहट सुनायी दे रही थी। कौन कब चला जाये, कुछ पता नहीं।

अस्पतालों में बेड नहीं, दवा नहीं, ऑक्सीजन सिलेण्डर नहीं। मरीज दवा व ऑक्सीजन के अभाव में सड़कों पर तड़प-तड़प कर दम तोड़ रहे थे। कोई सड़क पर, कोई बाहर बगीचे में, कोई ऑटो या एम्बुलेंस में, कोई गोद में, कोई अस्पताल के गेट पर ही दम तोड़ रहा था। कोई लाशों को उठाने वाला भी नहीं मिल रहा था।

इस बार का जो वायरस आया, वह बच्चे, बूढ़े, जवान सभी को अपनी चपेट में ले रहा था। इसके लक्षण भी बदल कर आ रहे थे परन्तु खास थे सर्दी, जुकाम, खाँसी, तेज बुखार, निमोनिया आदि।

उसका संक्रमण फेफड़ों में होता और ऑक्सीजन लेवल कम होता जाता और तीन से पाँच दिन में मरीज की मौत हो जाती। ऐसे समय में ऑक्सीजन की कमी मौत के आँकड़े बढ़ा रही थी।

वैसे तो सही मायनों में अभी तक इस बीमारी से बचाव की कोई दवा नहीं थी, फिर भी कुछ दवाएँ कारगर सिद्ध हो रही थीं। रेमडेसिविर नामक इंजेक्शन की कमी के कारण कालाबजारी जोरों पर थी। पाँच हजार का इंजेक्शन पचास हजार में बिक रहा था और उस पर भी उसके असली होने की गारण्टी नहीं थी। ऐसे समय में हैवानों की भी कमी नहीं थी, जो मौत का सौदा कर रहे थे, इंजेक्शन की जगह पानी भर कर बेच रहे थे। प्राइवेट अस्पताल के डॉक्टर लाखों के फर्जी बिल पकड़ा रहे थे। एक बार अस्पताल जाने पर तीन से पाँच लाख व गम्भीर हालात होने पर सात से नौ लाख तक का बिल बन रहा था। जिनके पास पैसा नहीं था वह इलाज के अभाव में मर रहे थे। मरघट तक शव ले जाने के ३०० की जगह ३००० ले रहे थे। कुल मिलाकर हालात बद से बदतर थे।

अभी हम सभी कोरोना से उबर भी नहीं पाये थे कि एक और ब्लैक फंगस नामक बीमारी का प्रकोप बढ़ गया। इसमें नाक, आँख में सूजन आ जाती और फिर वायरस दिमाग में पहुँच जाता। इसकी भी कोई दवा नहीं थी। इसका एक ही उपाय था कि बीमारी के आरम्भ में ही इलाज हो गया तो ठीक अन्यथा बीमारी दिमाग में पहुँच जाती और मरीज की मौत हो जाती। इससे भी अब तक बहुत मौतें हो चुकी हैं।

सरकार ने ११ अप्रैल २०२१ से पन्द्रह दिनों का लॉकडाउन लगाया और उसे आगे बढ़ाते हुए ३० मई तक बढ़ाया।

अभी कुछ लोग पहले के लॉकडाउन के कारण सँभल भी नहीं पाये थे कि यह पुनः वज्रपात हो गया। हालाँकि अब तक ४५ साल के ऊपर एक करोड़ लोगों को वैक्सीन लग चुकी थी और एक मई से १८ साल से उपर के लोगों को वैक्सीन लगने लगी थी। परन्तु वैक्सीन भी प्र्याप्त मात्रा में उपलब्ध नहीं हो पा रही थी। अन्य कम्पनियों की वैक्सीन जल्दी ही बाजार में आने वाली थी।

हर ओर अराजकता, अपराध और मँहगाई अपने चरमोंत्कर्ष पर थी। इंसान को खाना-पीना मुश्किल पड़ रहा था। सबसे बुरा हाल मध्यम वर्ग का था। लोग डरे-सहमे घरों में कैद थे क्योंकि वायरस हवा में फैल चुका था। सभी मौत के साये में जीने को मजबूर थे।सभी को भगवान का ही आसरा था। हाँ, जो लोग नियमों का पालन करते हुए घर में थे, वह सुरक्षित थे। ऐसे समय योगा, व्यायाम व आयुर्वेद की दवाएँ भी अपना असर दिखा रही थीं।

कोरोना एक साल बाद विकराल रूप में वापस आया जबकि सभी ने सोचा था कि वह अब समाप्त हो गया, इसलिए जनता से लेकर सरकार तक लापरवाह हो गई और उसके बचाव की कोई अतिरिक्त तैयारी नहीं की। शहरों में आयोजन होने लगे, सरकारें चुनाव कराने लगी। शादी, ब्याह, पार्टियाँ होने लगीं। लोग मास्क व सोशल डिक्टेंस का पालन करना भूल गये। उसी लापरवाही का नतीजा हुआ कि कोरोना मौत का कहर बन कर टूट पड़ा।

यह सच है कि अगर समय रहते हम इसके बचाव की तैयारी करके चलते तो आज यह हालात न होते।

आभार

देखने में आया कि जो देश आध्यात्मवादी, मानवतावादी, मानवीय मूल्यों का पालन करने वाले थे, उनमें कोरोना का कहर कम हुआ। यह लोग हमारे ऋषि-मुनियों, मनीषियों ने जीवन जीने के तरीके बतलाये थे, उनको मानने वाले और प्रकृति के नजदीक थे। कोरोना से लड़ने में आयुर्वेद और योग ने महत्वपूर्ण भूमिका निभायी है। इसी कारण भारत मौत के आँकड़ों में बहुत पीछे है।

प्रस्तुत पुस्तक ''लॉकडाउन; अनुभव अपने-अपने'' के माध्यम से हम अलग-अलग लोगों के अनुभवों को जानेंगे, समझेंगे, और उससे शिक्षा भी लेंगे। ''मेरा मानना है कि यह पुस्तक भविष्य के लिए एक मील का पत्थर साबित होगी, जो कोरोना से जीतने वालों की कहानी उनकी ही जुबानी सुनायी गई है।'' इस किताब को लिखने का मेरा मकसद था कि कोरोनाकाल में जो कुछ भी हुआ है लोगों ने जो अनुभव किया, कैसे उन्होंने कोरोना जैसी बीमारी पर जीत हासिल की, वह सभी के सामने रखना ताकि दूसरे लोग भी प्रेरणा ले सकें। जब कभी इस तरह की आपदा विश्व पर आयेगी, तो लोग इससे जानकारी ले सकेंगे, बचाव के तरीके जान सकेंगे।

''मैं उन सभी का बहुत-बहुत आभार मानती हूँ कि जिन्होंने देश के विभिन्न शहरों से अपनी आप बीती और आँखों देखी को शब्दों में पिरोकर, अपने दर्द को बयाँ करते हुए, इस पुस्तक को पूर्ण करने में अपना सहयोग दिया है।''

डॉ० सुधा चौहान 'राज'

अध्यक्ष- संस्कृति साहित्य मंच

विषय-सूची

श्रीमती आशा वडनेरे, इन्दौर

सेवानिवृत, एसबीआयी,
मो० 7828206341
पति-श्री बसन्त कुमार जी।
शिक्षा-एम.ए.गोल्डमेडल।
उपलब्धियाँ-ग्राम संस्कृति, अर्पण-समर्पण, यथार्थ आरोग्य, मृत्युंजय, देवपुत्र, भास्कर। मराठी अनुवाद, इक्यावन लघुकथाएँ, कथाशतक, भीतर का सत्य। शतकवीर सन्मान, नवसृजन लोकमंच सन्मान, अखिल भारतीय मराठी सन्मान, रामराव देशमुख सन्मान।

लॉकडाउन और डॉक्टर

चिकित्सकों को भगवान का दर्जा दिया जाता है, क्योंकि वे रोगी की पीड़ा हरते हैं और गम्भीर रोगियों को मौत के मुँह से बाहर निकाल लाते हैं। इन सेवाभावी डॉक्टरों ने जब कोरोना संक्रमण चरम पर था, उस समय न दिन देखा न रात और अस्पताल में अपने घरों से दूर रहकर मरीजों की सेवा में बिताये। इस दौरान कुछ गम्भीर रूप से संक्रमित तक हो गये।

सागर के बी.एम.सी. के सर्जन व वर्तमान प्रभारी डीन डॉ० आर. एस. वर्मा सितम्बर में पॉजिटिव हो गये। सिटी स्कैन में २५ प्रतिशत संक्रमण आया। इस दरम्यान फेफडों का संक्रमण ६० प्रतिशत तक हो गया। उनकी पत्नी भी साथ ही भर्ती थीं। दोनों १७ दिन बाद ठीक हो गये। इसके बाद २५ अक्टूबर से वे पुनः काम पर लौटे।

बी.एम.सी. के एनेस्थेसिया विभाग के डॉ० सर्वेश जैन की जंग भी साहस व कर्तव्य से भरी हुई है। फेफडों का एक तिहाई हिस्सा चपेट में आया। वे विदिशा अस्पताल में भर्ती हो गये और ठीक होकर फिर से मरीजों के इलाज में जुट गये।

रीवा के डॉ० श्यामशाह चिकित्सा महाविद्यालय के शिशु व बालरोग विभागाध्यक्ष एवं डॉ० नरेश बजाज ऐसे ही कोरोना वॉरियर हैं, जिन्होंने कोरोनाकाल में संक्रमितों की सेवा में कोई कसर नहीं छोड़ी। रीवा के अलावा सतना, सीधी और सिंगरौली से कोरोना मरीज रेफर होकर आ रहे थे। जब बडी

संख्या में डॉक्टर संक्रमित होने लगे, तब डॉ० बजाज ने फ्रण्टलाइन पर आकर मोर्चा सँभाला लेकिन ८ सितम्बर को वे खुद चपेट में आ गये। उनके फेफडे ८० प्रतिशत तक संक्रमित हो गये उन्हें २३ सितम्बर को इन्दौर के अरविन्दो अस्पताल में रेफर किया। वहाँ वे २० दिन वेंटिलेटर पर रहे, दो माह तक जिन्दगी-मौत का संघर्ष चला और आखिर में जिन्दगी ने जंग जीत ली। उनका कहना है संक्रमण से घबरायें नहीं, हिम्मत न हारें और संयम रखें। "दो गज दूरी, मास्क है जरूरी" का पालन करें।

हर जगह जब लॉकडाउन था, तब जयपुर के चिकित्सकों ने उपचार के साथ साथ अनुभव व सक्रियता से रोगियों का आत्मविश्वास बढ़ाया। जयपुर मॉडल हॉस्पिटल के डॉक्टर दम्पति ने चिकित्सा सेवा के साथ नवाचार कर लोगो में सजगता और सकारात्मकता के लिए पहल की। मनोरोग विभागाध्यक्ष डॉ० अखिलेश जैन ने मरीजों और आम लोगों में अपनी कविताओं के जरीए एक विश्वास जगाकर सकारात्मक दृष्टिकोण पैदा किया।

डॉक्टरों को यूँ ही नहीं कोरोना वॉरियर्स कहा जाता है। कोरोना के कारण सारी दुनिया त्रस्त है, इससे होने वाली जनहानि अनगिनत है। इसके बावजूद इस विषम परिस्थिती ने हमें संघर्ष करना, अपनों की कदर करना, भविष्य के लिए बचत करना, देश में स्वच्छता और स्वास्थ्य कितनी जरूरी है, यह सिखाया।

अर्पणा तिवारी, इन्दौर

मोबा-8120505069।

शिक्षा-एम.ए.,बी.एड.।सम्प्रति-शिक्षिका, लेखन-कविता, कहानी, लघुकथा आदि। रुचि-पठन-पाठन, अनेक संस्थाओं में मंचसंचालन। पत्रपत्रिकाओं में लगातार रचनाएँ प्रकाशित। सात साझा संकलन, सम्मान-विभिन्न संस्थाओं से दस सम्मान प्राप्त।

सदस्य- संस्कृति साहित्य मंच, अ. हि. परिषद, शुभ संकल्प।

लॉकडाउन-मनोबल

सागर के अंधड़ झेले रुख पलटा तूफानों का,
दीप जला अमावस रातों में स्वागत है उजियारों का,
माना विपदा बड़ी भयंकर दहशत फैलाने आयी है,
धैर्य कहाँ परखा दुनिया ने जन गण गाने वालों का।।

धाराएँ प्रतिकूल रही हों, हमने दरिया पार किये,
अगणित शूल मिले पथ में कण्टक सारे काट दिये,
जीवन ज्योति जागे हम तो योग गुरु कहलाते हैं,
प्रतिरोधी क्षमता वाले आघात सभी सह जाते हैं,

रखें मनोबल ऊँचा ये कुछ दिन की कठिनाई है
स्वागत वेला की करना अब आगे अगुवाई है।
स्वागत है अभिनन्दन आशादीप जलाने वालों का
धैर्य कहाँ परखा दुनिया ने जन गण गाने वालों का।।

निशा काल गहरा हो पर सुबह भला कब रुकती है,
तम के जालों को काट सतरंगी किरणों खिलती हैं,
पतझड़ आता है आने दो मधुमास सदा मुस्काता है,
पावस की बदली बरसे सुमन-सुमन खिल जाता है।।

थोड़े दिन की विपदा हमको ये सिखलाने आयी है,
रात घनेरी हो कितनी भी रोशनी की किरणें आयी हैं
विश्वास अडिग है सोने की चिड़िया कहलाने वालों का,
धैर्य कहाँ परखा दुनिया ने जन गण गाने वालों का ।।

कुछ दिन रख ले संयम ये संकट भी टल जायेगा,
एक सुरक्षित भारत देखो अब अम्बर पर मुस्कायेगा,
कोई जरूरी नहीं है कि हाथ से हाथ मिलायें हम
संकट की घड़ियाँ, दिल से दिल की जोत जलायें हम।।

साथ चलें जब हम सारे, तो मुश्किल कब टिक पायी है
वसुधैव कुटुम्बकम् की भावना अब तो रंग लायी है।
हैरत से दुनिया देखेगी साहस हम मतवालों का
धैर्य कहाँ परखा दुनिया ने जन गण गाने वालों का।।

आशा जाकड़

शिक्षा-एम.ए., बी.एड., रिटा. शिक्षिका, प्रकाशित राष्ट्र को नमन, अनुत्तरित प्रश्न, नये पंखों की उड़ान, संहस्थ महोत्सव, हमारा कश्मीर, ४ साझा संकलन, अध्यक्ष-अन्तर्राष्ट्रीय हिन्दी परिषद, काव्यरस। लेखिका संघ प्रचारमंत्री, हिन्दी परिवार, इंडियन सोसायटी आफ ऑथर्स, एहसास, रंजनकलश, फिल्म राइटर्स एसोसिएशन सदस्य। सौ प्रादेशिक सम्मान। इन्दौर। मोबा-६७५४६६६४६६

लॉकडाउन-शिक्षा पर प्रभाव

बच्चों के भविष्य को देखते हुए जुलाई में ऑनलाइन कक्षाएँ शुरू हुईं। उसके लिए बच्चों के पास स्मार्टफोन का होना आवश्यक था। मध्यम वर्गीय परिवार में ज्यादातर पति-पत्नी के पास मोबाइल थे। बच्चों को तो वैसे भी मोबाइल से दूर रहने की हिदायत दी जाती है। ऑनलाइन कक्षाओं के कारण पालकों ने बच्चों के लिए जैसे-तैसे मोबाइल खरीदे। तीन माह से व्यापार बन्द के कारण आर्थिक समस्या थी। ऑनलाइन में प्रारम्भ में तो बच्चों को उत्साह लगा। जैसे कोई खेल खेल रहे हैं, कुछ बीच में म्यूजिक बजाते, आवाज निकालते, टीचर के लिए पढ़ाना बड़ा मुश्किल हो जाता, फिर डाँट पड़ने पर बच्चे नॉर्मल हो जाते। टीचर जब प्रश्न पूछती स्टूडेण्ट इधर-उधर देखने लगते, ढंग से उत्तर नहीं देते। कुछ डर के कारण माइक ऑन नहीं करते, घर की खटर-पटर की आवाज के कारण क्लास में डिस्टर्ब होता था। कुछ बच्चे बीच में ही कैमरा ऑन कर उठ जाते।

ऑनलाइन क्लासेज में छोटे बच्चों के लिए बड़ा ही मुश्किल कार्य होता था, बच्चे सो जाते थे। माता-पिता को बच्चों के साथ रहना पड़ता था। ऐसे बच्चों को सँभालना बहुत कठिन कार्य था।

ऑनलाइन क्लासेज उन बालकों के लिए बड़े ही मुश्किल साबित हुए जिनके छोटे घर में चार-पाँच सदस्य हैं, २-३ भाई-बहन हैं। एक ही समय में ३ बच्चों की अलग-अलग क्लास होना पालकों के लिए बहुत बड़ी समस्या थी। एक तो तीन अलग मोबाइल का प्रबन्ध करना और फिर सबसे बड़ी नेट की समस्या। अगर

४ पीरियड होते थे तो टू जी बी का डाटा तीन पीरियड में खत्म हो जाता और अगले पीरियड के लिए नेट की सुविधा नहीं होती थी। ऑनलाइन क्लासेज में बच्चों की पढ़ाई का बहुत अधिक नुकसान हुआ है।

बच्चे नाइंथ क्लास से ही मैथ्स की कोचिंग शुरू करते थे, लेकिन ऑनलाइन क्लासेज से कई टीचर बड़े तनाव में आ गये हैं। उनका कहना है ऐसा लगता है हमारे १८ घंटे की सर्विस है और वेतन आधा मिल रहा है। बड़े स्कूलों ने फीस कम नहीं की है, तो दूसरी ओर छोटे स्कूलों में फीस ही नहीं मिली है। इसी कारण कई छोटे स्कूल बन्द हो गये हैं।

११वीं-१२वीं क्लास के बच्चों को फिजिक्स, केमिस्ट्री, बायोलॉजी के आन लाइन प्रैक्टिकल में बड़ी दिक्कत हुई है। ११वीं क्लास के बच्चों के कहीं-कहीं एडमिशन ही नहीं हो पाये हैं। मुम्बई में ११वीं क्लास के छात्रों के दिसम्बर एण्ड में एडमिशन हुए हैं, जो जून में होने थे। १०वीं- १२वीं के बच्चों के बोर्ड की परीक्षा है। अभी ढंग से कोर्स पूरा नहीं हुआ है। सुनने में आया है कि बच्चों का कोर्स कम कर दिया जायेगा। अभी भी पालक विद्यालय या कालेज खुलने के पक्ष में नहीं हैं क्योंकि कोरोनावायरस अभी तेजी से बढ़ रहा है। इसलिए पढ़ाई की अपेक्षा जीवन बचाना पहली प्राथमिकता है।

अनिताशरन झा

पति-शारदेन्दु झा, रायपुर। मोबा- ९७५५५९८०६०। लेखन- कहानी, लघुकथा, कविता, गीत, पत्र पत्रिका में प्रकाशित, सम्मान-संस्कारभारती, वक्तामंच, मिथिला गौरव सम्मान।प्रकाशित, क्षितिज, विवरणी, संस्कारभारती, चुलबुली, नानी, रंगीन फुलझड़ियाँ। सम्प्रति-विश्वसरयू मंच व अखिल भारतीय अग्नि शिखा मंच मुबई संयोजिका, आचार्य सरयूकांत झा अंतर्राष्ट्रीय संस्थान रायपुर की संयुक्त सचिव।

कोरोनाकाल-सत्य घटना

कोरोना में अपना परिवार खो चुके छोटू की दोस्ती एक बड़े गूंगे लड़के से हो गई। वह साथ रहने लगे, अब वह दोनों गूंगे थे।

मजदूरों का एक जत्था पैदल ही गाँव जा रहा था। करीब सौ लोग थे। किसी के पास खाने-पीने का सामान न था। कोई बच्चा दूध के लिए तड़प रहा, कोई रोटी के लिए रो रहा था। जो खाने-पीने का सामान समाज सेवियों से मिलता, वही आधा पेट खाकर गाँव को जा रहे थे। चलते-चलते उनके पैरों में छाले पड़ गये थे।

उस भीड़ में एक बहुत वृद्ध दादी व नातिन एकदम अकेले थे। दादी ठीक से चल भी नहीं पा रही थीं। बड़के ने उनका सामान उठा लिया था उन्हें बार-बार पानी पिलाना, थकने पर सहारा देना, खाने की लाइन में लगना, वह उनकी देखभाल व सुरक्षा की दृष्टि से उनका सहयोग करते हुए, उनके गाँव तक पहुँच गये।

गाँव के स्कूल में कोविड सेण्टर में उन सभी को क्वॉरण्टाइन करके रखा गया। क्वॉरण्टाइन के समय बड़का मिट्टी के बहुत सुन्दर-सुन्दर खिलौने बनाता और छोटू भी सहयोग करता था।

सभी खिलौनों की तारीफ करते थे। दादी ने पता कर लिया कि

“इन वक्त के मारों ने अपने परिवार को हमारी तरह खो दिया।” अब इनका कोई नहीं है। दादी भी उन्हें बच्चों की तरह प्रेम करने लगीं। वह मानवता का

धर्म निभाते हुए गाँव तक आये हैं।

छोटू ने स्कूल बोर्ड पर चाक से लिखकर बताया, "मेरा नाम रहीम है, मैं पाँचवीं तक पढ़ा हूँ। कोरोना इलाज के दौरान मेरे अम्मी-अब्बा नहीं रहे, इस सदमे से मेरी आवाज चली गई है।

मेरे साथ बड़ा लड़का किशन है। हम दोनों के माता-पिता कोरोना पीड़ित हो अस्पताल में भर्ती थे। इसलिए हम दोनों बाहर बैठे, उनके ठीक होने की राह देखा करते थे। पाँचवें दिन नर्स ने बताया, दोनों के पेरेण्ट्स नहीं रहे। उनके अन्तिम दर्शन भी हमें नसीब नहीं हुए। हम घण्टों रोते रहे, कोई आँसू पोंछने वाला नहीं था। हम अनाथ हो चुके थे। किशन ने मुझे गले से लगाकर इशारों से कहा, "अब हम दोनों ही एक-दूसरे के साथी हैं।"

हम भूखे प्यासे रहते हुए, मजदूरों के जत्थे में शामिल हो गये। वहाँ दो वक्त की न सही, पर एक वक्त की रोटी तो मिल जाती। वहीं आप से मुलाकात हुई। जब हमें माँ की याद आती, तो दादी के पास बैठ जाते, बहुत सुकून मिलता। बस इसी तरह आपके साथ आ गये। दादी माँ, अब हमारा इस दुनिया में कोई नहीं हैं और वह सुबक-सुबक कर रोने लगा।

नातिन ने कहा- "दादी, क्यों न, हम गाँव जाकर छोटू और बड़के को कर्ण की तरह अपना धर्म भाई बनाकर अपने साथ रख लें।

दादी उस नन्हीं-सी बच्ची की समझदारी, मानवता और सहृदयता देख अवाक् थीं। उन्हें अपनी पोती पर गर्व हो रहा था।

आशा गर्ग

पति–श्री देवकीनन्दन गर्ग,
मो० ६४२४५६५६२४
रिटा. शिक्षिका, शिक्षक सम्मान, लॉयंस क्लब ऑफ इन्दौर अहिल्या, अन्तर्राष्ट्रीय हिन्दी परिषद से, रोटरी क्लब पामबीच, नवी मुम्बई, अवनि सृजन समूह, चिन्मय मिशन की बाल विहार संस्कार कक्षाएँ एवं शिविरविसर्जन आश्रम में श्रमिक बच्चों के लिए संस्कार शिविर आयोजन। आकाशवाणी इन्दौर से स्वलिखत वार्ताएँ प्रसारित।

मेरे पड़ोस में कोरोना मरीज

कोरोना का आगमन होते ही लॉकडाउन की घोषणा हो गई और इंसान किसी पंछी की तरह, घरौंदा रूपी पिंजरे में कैद हो गया। करीब दो माह बाद मेरे पड़ोसी को नातिन की शादी में दिल्ली जरूरी जाना था। वह अपनी कार से सावधानियों के साथ परिवार सहित दिल्ली चले गये। उस समय संक्रमण बहुत जोर का था।

पाँच दिन बाद वापस आये और दो दिन बाद ही उनके पिता कोरोना संक्रमित हो गये। पुलिस व डॉक्टर आये और उनको हॉस्पिटल लेकर चले गये और घर के आगे का रास्ता बन्द करके लकड़ी लगा दी गई। घर के बाकी सदस्यों को अलग कमरों में क्वॉरण्टाइन रखा गया। अब समस्या यह थी कि सभी क्वॉरण्टाइन हैं तो उनके खाने-पीने व दवा आदि की व्यवस्था कैसे होगी। इसे मैनेज करना बहुत ही दुष्कर कार्य था। क्योंकि लॉकडाउन के कारण कामवाली नहीं आ रही थी और इस समय फल, सब्जियाँ भी बहुत मुश्किल से और बहुत मँहगी मिल रहे थे।

मारवाड़ी जी को कोरोना होने की खबर पूरी सोसायटी में आग की तरह फैल गई। चारों ओर एक भय का साया फैल गया।

सभी ने किसी भयभीत चिड़िया की तरह अपने बच्चे घर के अन्दर छिपा लिये। इस समय आलम यह था कि कोई किसी की खबर लेने के लिए आगे नहीं आना चाहता था। सभी को अपनी जान प्यारी थी। कभी पुलिस का सायरन बजता

हुआ गश्ती वाहन निकल जाता तो सभी की साँसें रुक जाती थीं कि पता नहीं किसको कोरोना हो गया। कहीं हमारे घर के पास ही तो नहीं है। हर ओर मौत का सा सन्नाटा पसरा रहता था। लोग एक दूसरे के नजदीक आना तो दूर देखकर मुँह मोड़ लेते थे कि किसी तरह की सहायता न कोई माँग ले। सभी इस समय ईश्वर से प्रार्थना पूजा करते रहते थे।

फिर भी मारवाड़ी परिवार की मदद तो करनी थी क्योंकि वह हमारे पड़ोसी थे। इसलिए हम कुछ लोग मोबाइल से उनकी आवश्यकता पूछ कर उनके गेट के पास दीवार पर सामान, दवा, फल, दूध, खाना आदि रख देते थे और फिर वह बाद में आकर उठा लेते थे। इसी तरह पड़ोसियों और सोसायटी के सहयोग से उनके क्वॉरण्टाइन के दिन पूरे हुए।

मारवाड़ी जी २० दिन बाद स्वस्थ होकर घर वापस आ गये, पर सोसायटी वालों ने महीनों तक उनसे दूरी बना कर रखी। अगर परिवार का कोई दिख जाता तो रास्ता बदल लेते थे। बीमारी से ठीक होने के बाद यह उपेक्षा या यूँ कहें कि एक परायापन-सा बहुत दुखदायी था। इसे देखकर मन बहुत आहत होता था।

कोरोना का इतना भय था कि इंसान ही इंसान से दूरी बनाकर रहने को मजबूर थे। दिल से सामने वाले का सहयोग करने की इच्छा रखते हुए भी किसी के लिए कुछ न कर सके।

श्रीमती अचला गुप्ता

पति- श्री राजकुमार गुप्ता।
जन्म-१ सितम्बर, शिक्षा-एम.ए. (अर्थशास्त्र) नागपूर यूनिवर्सिटी।
लेखन- कविता, कहानी, लघुकथा, लेख आदि। रुचि- गायन, नृत्य, मंचसंचालन। २१ वर्षों से नर्सरी स्कूल का संचालन, महिलाओं को ऐरोबिक्स वर्कआउट का प्रशिक्षण। सम्प्रति - सचिव (लॉयनेस क्लब आफ इन्दौर वेस्ट), संस्कृति साहित्य मंच आदि।
मो० ९९२६४४८८०५

लॉकडाउन और रिश्ते

मार्च के महीने का हम बेसब्री से इन्तजार कर रहे थे। आखिर १ मार्च २०२० को बिटिया की शादी हुई और वह अपने जीवनसाथी के साथ वह विदा हो गई। अब पगफेरे की रस्म २३ मार्च को तय थी। अभी हम सभी पगफेरे की रस्मों की तैयारी कर ही रहे थे कि महामारी के चलते २२ मार्च २०२० को लॉकडाउन घोषित कर दिया गया। मानो सारे संसार का पहिया थम-सा गया।

हर ओर भय का माहौल और किसी अनिष्ट की आशंका ने सभी के दिलों को झकझोर दिया। हर समय टी.वी. पर समाचार सुनना, फिर सहम कर बच्चों को समेट कर सुकून की साँस लेना।

मेरी परेशानी मेरी बेटी थी, जो ससुराल से वापस नहीं आ पा रही थी। मैं एक माँ हूँ और माँ का दिल हर बात पर धड़क कर यही सोचता कि बेटी किस तरह कैद में जी रही होगी।

बड़े परिवार के साथ पूरे समय घर में रह कर कैसे गुजारा हो रहा होगा। हालाँकि फोन पर बात तो होती थी, परन्तु सबके सामने बेटी भी खुलकर बात नहीं कर पाती थी।

मेरे इन्तजार की तरह कोरोना का कहर भी बढ़ता ही जा रहा था।

किसी भी तरह की खबर सुनो तो बस झट से ध्यान बेटी की ओर चला

जाता था। तरह-तरह की आशंकाएँ मन में झंझावात बनकर हलचल करती रहती थीं।

चूँकि यह संकट सारे विश्व के उपर आया था और हर संकट में हम भारतवासी भगवान की शरण में ही पुकार करते हैं, हमने भी भगवान से विश्वकल्याण के लिए खूब प्रार्थना की और पूजा-पाठ भी किया। इसी तरह लॉकडाउन में घर में कैद रहते हुए, इन्तजार करते-करते दो माह का समय इतना लम्बा लगा, मानो साल बीत गया। किसी तरह से लॉकडाउन के समाप्ति की घोषणा हुई। मैने राहत की साँस लेकर भगवान को लाख-लाख धन्यवाद दिया।

लॉकडाउन तो खत्म हो गया था पर किसी तरह के आवागमन के साधन, बस, रेल, ऑटो, टैक्सी या हवाईजहाज आदि सभी बन्द थे। और कहीं-कहीं तो राज्य की सीमाएँ भी सील थीं।

आखिर वह दिन आया जब हमारे घर हँसती, मुस्कुराती बिटिया वापस आयी। इतनी लम्बी जुदाई के बाद आँखों के आँसू सारी कहानी कह रहे थे। उसे अंक में भरकर सीने से लगाने के बाद ऐसा लगा, मानो मेरी प्यासी ममता को अनन्त सुकून मिल गया, मेरी सारी तड़प शान्त हो गई थी।

ऐसा लग रहा था मानो आज ही मेरी बेटी अवतरित होकर मेरी गोद में आयी है। मन था कि बार-बार उसे सीने से लगाने पर भी तृप्त नहीं हो पा रहा था और आँखें तो मानो सावन-भादों की झड़ी बन गयी थीं। सचमुच, लॉकडाउन ने अपनों का, रिश्ते-नातों का, दूरी-पास का महत्व हमें बखूबी समझा दिया था।

अंकिता यादव

पति-श्री जितेन्द्र यादव, इन्दौर शिक्षा- बी. कॉम. कम्प्यूटर। लेखन-कविता, कहानी, गजल, लघुकथा, रुचि- पठन-पाठन, गायन, पेण्टिंग आदि। संस्कृति साहित्य मंच से ऑनलाइन कार्यक्रमों में हिन्दी सेवी सम्मान, श्री दुर्गा शक्ति सम्मान, दीपशिखा सम्मान, शुभ संकल्प समूह से लघुकथा प्रतियोगिता में सम्मान के साथ अन्य संस्थाओं से बीस ऑनलाइन सम्मान।

मो० ७२२४६२०१६४

कोरोना और बेरोजगारी

आयी एक ऐसी महामारी, दुनिया में लायी बेरोजगारी
किसी की आजादी छीनी, तो किसी का घर लूटा
तो किसी को दी बीमारी, ला दी हाथों में बेरोजगारी।।

दर-दर की ठोकरें खा रहा देखो इंसान,
छीन ली नौकरी छीना कितनों का धन्धा पानी
नहीं जेब में रेजगारी और ला दी हाथों में बेरोजगारी।।

घर बैठे खायेगा कब तक मजबूरी में है दुनिया सारी
सरकार ने दी है राय लॉकडाउन की
कोरोना ने खा ली नौकरी, ला दी हाथों में बेरोजगारी।।

पराये देश में बसे कर रहे थे नौकरी
आयी जो ये महामारी अपने, अपनों को तरसे
लॉकडाउन में जायें केसे अपने घर को,
हुई रे कैसी लाचारी, ला दी हाथों में बेरोजगारी।।

चला मुसाफिर देश अपने, परदेश को छोड़कर
न कोई वाहन है, न ही कोई मददगारी
चल रहे पैदल, न खाने को रोटी न पीने को पानी
लॉकडाउन की हाहाकारी,
ला दी हाथों में बेरोजगारी।।

कैद हो कोई पंछी-सा पिंजरे में पड़ा
न देख पा रहा पड़ोसी को भी जैसे हो लापता
हाय! ये कैसी लाचारी, ला दी हाथों में बेरोजगारी....

मुँह पे हैं मास्क के ताले, हाथ सेनिटाइजर के हवाले
न मिल रहा रुपया पैसा, न रेजगारी
जी रहा ऐसे सिर्फ साँसे हो जारी
ला दी हाथों में बेरोजगारी...

कहाँ जायें किसको सुनायें कोई भी नहीं किसी के यारी
अकेला है अब इंसान देखो कोई भी नहीं किसी का साथी
हर दूजे के हाथ में देखो बेरोजगारी
ला दी हाथों में बेरोजगारी ।।

अंशु तिवारी

मो० ८५०३८०७०७५ पटना।
शिक्षा-बी.एस.सी., एम.ए. ।
लेखन- कविता, कहानी, लघुकथा।
रुचि- पठन-पाठन, गायन आदि।
सम्मान- कलम सृजक सम्मान, साहित्य अलंकरण, साहित्य सरगम, श्रेष्ठ लेखक, श्रेष्ठ सृजक, साहित्यश्री, रचना प्रतिभा, कलम योद्धा, काव्यशिरोमणि, महाकौशल कवि श्री सम्मान, काव्यश्री सम्मान, आदि।

लॉकडाउन-परेशानी

लॉकडाउन शब्द पढ़ा था, किन्तु सही मायनों में परिचय २२ मार्च २०२० के बाद हुआ। २७ फरवरी को मेरे पिताजी का देहावसान हो गया था। हमारे रिश्तेदार तथा भाई-बहन आये, मेरे भाईसाहब जो अमेरिका में रहते थे तथा छोटी बहन जो कुवैत में रहती है। १५ मार्च को पिताजी की तेरहवीं कार्यक्रम के बाद सभी को घर जाना था। वैसे भी कितने दिन रुकते सभी।

रोज-रोज समाचार में आ रहा था कि फलां-फलां देश ने अपनी सीमाएँ बन्द कर दीं। जैसे-तैसे जल्दीबाजी में वह अमेरिका पहुँच गया। किट्टू बहन जो कि कुवैत में थी, तेरहवीं कार्यक्रम के बाद रवाना हो गई। किन्तु उसे दुबई जाकर उसे वापस आना पड़ा क्योंकि कुवैत ने अपनी सीमाएँ बन्द कर दी थीं।

आर्थिक भार के साथ-साथ मानसिक उद्विग्नता भी थी, किन्तु वापस तो रहना था। मेरी एक बहन जो कि गुजरात में रहती थी, लॉकडाउन की वजह से उसे भी रहना पड़ा। पूर्ण लॉकउाउन होने से मेरी माँ के घर पर करीब २० लोग रुके रहे, क्योंकि जाने की कोई सुविधा भी नहीं थी।

ऐसी स्थिति में जहाँ फल, सब्जी, राशन का सामान नहीं मिल रहा था। यहाँ तक कि बच्चों के लिए दूध भी बड़ी मुश्किल से मिल पा रहा था। वहाँ पर इतने लोगों की व्यवस्था करना कितना मुश्किल था। और सबसे बड़ी बात कि उनके अपने घरों में उनकी गैरमौजूदगी में कितनी परेशानी हो रही थी। लेकिन सबने साथ रहकर एक नया अनुभव किया। स्नेह और प्रेम का बन्धन दुख व कठिनाई के समय

और भी मजबूत हो गया था। वह तो भला हो मोबाइल का कि उसके माध्यम से सभी लोग एक दूसरे के हाल-चाल जान रहे थे।

इस परिस्थिति में बहनों तथा बच्चों का रुकना हम सब के लिए किसी वरदान से कम न था, क्योंकि माँ अकेले हो गई थी। सभी के रुक जाने से उनको सँभालने में थोड़ी आसानी हो गई।

हम सभी हमेशा कहा करते कि पापा ने जाते-जाते मम्मी के लिए सारा सोच रखा था, वह अकेले कैसे सँभालेंगे खुद को। लाक डाउन की वजह से ही सही, पर सभी यहीं थे।

फ्लाइट २ जुलाई के पहले हफ्ते में शुरू हुई। कुवैत की फ्लाइट सितम्बर में ही शुरू हो पायी। बहन उस समय ही जा पायी थी।

सभी को कई खट्टे-मीठे अनुभव हुए इस लॉकडाउन में। हम वही सहेज कर अपने-अपने घर को रवाना हुए। इस लॉकडाउन ने हमें बहुत कुछ सिखाया। जीवन को जीने का दूसरा नजरिया मिल गया, ऐसे कहें तो ज्यादा बेहतर होगा। बहुतों ने कहा कि जिन्दगी रुक-सी गई है, परन्तु नहीं, जिन्दगी को जीने का दूसरा नजरिया भी हो सकता है, यह समझ में आया। बहुत सारी भूली-बिसरी चीजें हमने फिर से करना शुरू किया ताकि इस लॉकडाउन में हम अपने जीवन को सुरक्षित रख सकें।

आनन्द बाला शर्मा

झारखण्ड, मो० ९७०९०१३२८८
शिक्षा-बी.एस.सी., एम.ए., बी.एड.।
रुचि- पठन-पाठन, लेखन। मूल विधा-कहानी, कविता, लेख, संस्मरण।
प्रकाशित- कँटीले कैक्टस में फूल। साझा संकलन-नारी चेतना के स्वर, एकता की मिसाल, गूंगी प्रतिक्रिया, गूँज, पठार की खुशबू, दिल से, बाबुल हम तोरे अँगना की चिड़िया, इनकी कहानी इनकी जुबानी, पंखुड़ी आदि।

लॉकडाउन और हम

महामारी से बचाव के लिए लॉकडाउन, सामाजिक दूरी, साफ-सफाई, सैनिटाइजर का उपयोग आवश्यक हो गया। प्रतिरोधक क्षमता बढ़ाने के उपाय होने लगे, पर इन सब उपायों ने हमारी दिनचर्या में आमूलचूल परिवर्तन कर दिया। सामाजिक दूरी से आत्मीयता का अभाव हो गया। हम संवेदनशून्य होने लगे। लॉकडाउन के कारण हम घरों में कैद हो गये। आजीविका पर गहरा असर पड़ा। हमारे दैनिक व्यवहार में भी बदलाव दिखने लगा। स्वास्थ्य समस्याओं के कारण बाहर जाना तो वैसे ही कम हो गया था, पर कोई बन्धन नहीं था। आवश्यकता होने पर निकल ही जाते थे। बच्चों से मिलना नहीं हो पा रहा था। उनको ऐसा लगता था, मानो हमारे पास आते ही उनको बीमारी लग जायेगी, पर बातचीत का सिलसिला बना रहा।

साहित्यिक रुचि होने के कारण लिखने-पढ़ने में समय आसानी से कट गया। कई समूहों के साथ जुड़े होने के कारण नवसृजन भी होता रहा। हम तो अपने घर में थे, पर उनकी चिन्ता थी, जिनके पास घर, भोजन एवं आजीविका का कोई साधन नहीं था। लॉकडाउन में घर-परिवार और रिश्तों-नातों की अहमियत भी पता चली। समय के सदुपयोग की शिक्षा मिली।

कोरोनाकाल में हम सब सीनियर सिटिजन सन्देह के घेरे में आ गये थे। यह कोई सोच भी नहीं पा रहा था कि कोरोना के अतिरिक्त भी कुछ बीमारियाँ हो सकती हैं। चिकित्सीय सेवाओं के अभाव में सब त्रस्त थे। कोरोनापीड़ित बीमारी से

परेशान तो थे ही, अपने पराये लोगों के रवैये से और भी दुखी हो गये थे। सामाजिक दूरी की भावना ने दिलों में भी दूरियाँ पैदा कर दीं।एक दूसरे को मदद करने से कतरा रहे थे और जो करते, वह केवल औपचारिकतावश। जरूरत होने पर कोई भी साथ खड़ा हुआ नजर नहीं आता था। अस्पताल में जगह नहीं थी। वेण्टिलेटर की संख्या कम थी और समय पर नहीं मिलते थे। डॉक्टर उपलब्ध नहीं थे और दवाइयों का भी अभाव था। साधारण दवाई भी दुकानों में, मेडिकल स्टोरों में नहीं मिलती थी। वे कहते, "डॉक्टर से लिखा दिखाओ, तब देंगे।" संवेदना खेमों में बँट चुकी थी।

सबसे अधिक परेशानी बुजुर्गों को हुई, क्योंकि कहा जा रहा था कि साठ से ऊपर वालों को यह बीमारी जल्दी पकड़ती है। वो वैसे ही समाज में उपेक्षित हैं। उनसे लोगों ने दूरी बना ली, क्योंकि उन्हें लगता है कि वह कोरोना के जाल में जल्दी फँस सकते हैं। जरा भी बीमारी होने पर उनसे दूरी बना ली जाती थी। चिकित्सा की समुचित व्यवस्था न होने के कारण वे बहुत तकलीफ झेल रहे हैं, मदद करने वाले लोग हैं, लेकिन बहुत कम। एक दूसरे की मदद के द्वारा हम इस संकट को दूर कर सकते हैं।

लॉयन डॉ० अर्चना श्रीवास्तव

इन्दौर। एम.फिल.,पीएच.डी.। पी.जी. मनोवैज्ञानिक परामर्शन, पर्यावरण प्रबन्धन, योगा, ।
सम्प्रति-प्रिंसिपल, टीचर्स ट्रेनिंग कॉलेज, अध्यक्ष-सावित्री चौरिटेबल, मनोवैज्ञानिक परामर्शदाता, ज़ोनचेयरपर्सन, लॉयंस क्लब, कार्यकारी अध्यक्ष-अन्तर्राष्ट्रीय हिन्दी परिषद, पुरस्कार-कायस्थ नेत्री अवार्ड, राष्ट्रीय धनवन्तरी सम्मान, नारी तू नारायणी अब तक ४० एक्सीलेंस पुरस्कार। मो० ६४२४०५२८३३ ।

लॉकडाउन-निम्न मध्यमवर्ग

समाज का वर्गीकरण समाजशास्त्र का विषय है। समाज को उच्च निम्न और मध्यम तीन वर्गों में बाँटा गया है। मध्यम वर्ग को बड़ी आसानी से दो उपवर्गों में बाँटा जा सकता है- उच्च मध्यम वर्ग और निम्न मध्यम वर्ग। हमेशा से निम्न मध्यम उपवर्ग उपलब्ध संसाधनों के उपयोग से वंचित होता रहा है। इस उपवर्ग की तस्वीर ऐसी है, जिसमें वह चिन्हित दायरे में तो है, पर सुविधाओं के मामले में ठगा-सा महसूस करता है। वैश्विक महामारी कोविड-१६ के कारण उत्पन्न अभूतपूर्व संकट को सबसे ज्यादा झेलने वाला यही वर्ग है।

लॉकडाउन ने जब भारतीय अर्थव्यवस्था को अपंग कर दिया था, ठीक उसी समय निम्न मध्यम वर्ग की पहचान को भी बदल दिया था। वह निम्न मध्यम वर्ग से नये गरीब के रूप में परिवर्तित हो चुके थे, क्योंकि निम्न मध्यम वर्गीय परिवार के लोग वित्तविहीन निजी स्कूलों, कार्यालयों, दैनिक वेतनभोगी सहायकों, डेटा एण्ट्री ऑपरेटरों, सेल्स पर्सन, रिसेप्शनिस्ट, ब्यूटीशियन, दैनिक वेतनभोगी शिक्षक, मरम्मत की दुकान चलाने वाले, छोटे फोटोग्राफर और अन्य सेवा प्रदाताओं के रूप में काम करके अपना जीवन यापन कर रहे थे अथवा वह ज्यादातर खुदरा क्षेत्र, स्वास्थ्य विभाग, शिक्षण और पर्यटन में कार्यरत हैं, या वह इनमें से अधिकांशतः अपने परिवार के लिए एक मात्र रोटी कमाने वाले हैं। उनके परिवार के अन्य सदस्य भी उनकी तरह दैनिक भोगी या अस्थायी रूप से कार्यरत हैं। इसलिए इस वर्ग को लॉकडाउन ने सबसे अधिक मुसीबत में डाला।

इनमें से अधिकांश को लॉकडाउन में वेतन नहीं मिला और उनकी अपनी कोई बचत नहीं थी। यह किसी से मदद नहीं माँगते हैं और न ही सहायता के लिए कतारों में लगते हैं। वह कड़ी मेहनत से आगे बढ़े हैं, लेकिन लॉकडाउन की वजह से उनके पास कोई काम नहीं है। निश्चित ही यह वर्ग संकोच में, बहुत मुश्किल हालात का सामना कर रहा है, परन्तु बोलने में सकुचाता है।

यह निम्न मध्यम वर्ग बड़ी परेशानी में फँस गया, क्योंकि उनकी गरिमा उन्हें दूसरों से सहायता लेने से रोकती है, वहीं दूसरी तरफ सहायता करने वाले एवं एनजीओ इनको सहायता देने में संकोच करते थे कि कहीं यह बुरा न मान जायें, इनके स्वाभिमान को ठेस न पहुँचे। जबकि इन लोगों को सहायता की सख्त आवश्यकता है। ऐसे लोगों की पहचान करना बड़ा ही आवश्यक है, क्योंकि वह अन्य वर्गों की तुलना में अधिक गम्भीर समस्याओं का सामना कर रहे हैं। वह हर दिन अपने जीवन में संघर्ष करते रहते हैं और किसी से सहायता माँगे बिना सँभलने की कोशिश में लगे हैं। अतः सरकारी, गैर सरकारी संगठनों को इनकी मदद के लिए आगे आना चाहिए। निम्न मध्यम वर्ग के जरूरतमंदों की पहचान करके, उनके स्वाभिमान को ठेस पहुँचाये बिना उनकी मदद करने की सख्त आवश्यकता है।

डा अजुल कंसल कनुप्रिया

शिक्षा- एम.ए., बी.एकृ,पीएच.डी.।
आकाशवाणी से प्रसारण, चार पुस्तकें, सत्तर साझा संकलन प्रकाशित, समाचार पत्र में प्रकाशित अनेक रचनाएँ, लेखन के क्षेत्र में पचास सम्मान, डिजिटल प्रमाण पत्र सत्तर, हास्य योग का गिनीज बुक का सम्मान, लघुकथा महाप्रज्ञ पर वर्ल्ड रिकार्ड में रचना।
मो० ७७७२०६८२४३

लॉकडाउन- बुजुर्ग

चेहरे की चमक, रंगत, अधरों पर मुस्कान
मकाँ की ऊँचाई पर न जाना मेरे दोस्तों
जिस घर बुजुर्ग, दादा-दादी, नाना-नानी
हँसते मिल जायें, समझ लेना वहाँ स्वर्ग है।

कोरोनाकाल में वृद्धजनों की देखभाल का बहुत ध्यान रखना चाहिए। उन्हें जब डॉक्टर के पास ले जायें, तो कोई साथ रहे, सीढ़ी चढ़ने-उतरने में सहारा दें। इनकी इम्युनिटी युवाओं की अपेक्षा कम होती है, अतः उन्हें सन्तुलित, पौष्टिक आहार खिलायें, खाना ताजा, रुचिनुसार प्रोटीनयुक्त हो, गरिष्ठ न हो। उन्हें गर्म पानी पिलायें, विटामिन बी, सी भी खिलायें। बी तंत्रिका तंत्र और हृदय के लिए, सी, दातों और रक्तशुद्धि, अस्थियों के लिए आवश्यक है।

रोज एक घण्टा धूप में बिठायें, ताकि विटामिन डी मिल सके। चल फिर सकते हैं, तो घुमाने ले जायें, हल्का-फुल्का व्यायाम करवायें, नहीं तो कुर्सी पर बैठाकर हाथ ऊपर-नीचे करें, मुट्ठी खोल-बन्द करें, पैरों को हिलायें और गहरी लंबी साँस लें, छोड़ें। अनुलोम-विलोम प्रणायाम का अभ्यास करवायें। अकेला न छोड़ें, छोटे बच्चों का साथ रखें और परिवार में उनकी जरूरत है, ऐसा आभास करायें।

कभी-कभी बाहर घुमाने या मन्दिर में दर्शन करवा लायें, इससे वे बहुत

खुश हो जाते हैं। वृद्ध अवसाद से न घिरें, इसका ध्यान रखें। संवाद करें, उनकी रुचियों अभिरुचियों के तीज त्योहार मनायें। घर के कार्यों में उनकी राय लें, ताकि वे भी अपने को परिवार का अंग समझें। सबसे बड़ी बात उनका समय-समय पर चेकअप करायें और उनकी दवाइयों की भरपूर व्यवस्था रखें।

टीवी पर रामायण, महाभारत, श्री कृष्ण जैसे सीरियल दिखायें। उनकी आप बीती, जीवन के किस्से सुनें, और हो सके तो लिपिबद्ध करें। उनके अनुभव बहुत लाभदायक होते हैं। नानी- दादी की अचार, चटनी, खीर, हलुआ की विधि बहुत स्वादिष्ट एवं परम्परागत होती हैं। रोज नहलायें एवं कपड़े बदलें। बार-बार हाथ धुलायें एवं काढ़ा पिलायें, ताकि प्रतिरोगात्मक शक्ति बढे और इंफेक्शन न हो।

स्मार्टफोन के छोटे-मोटे फंक्शन सिखा दें, ताकि खाली समय में मोबाइल पर व्यस्त रह सकें, मनोरंजन हो सके, और फोन पर दूर-दराज बहन-बेटियों से बात कर सकें। कभी भी बड़े बुजुर्गों की अवहेलना न करें। आपकी आत्मीयता, थोड़ी-सी देखभाल भी कोरोनाकाल को जूझने में वृद्धजन को सक्षम बना सकती है। वृद्धावस्था वरदान है, अभिशाप नहीं। अतः प्रेम, प्यार से उनकी देखभाल करें।

इलायची में स्वाद के साथ ही इसमें कई औषधीय गुण भी हैं। बुजुर्गों के लिए आवश्यक इलायची माउथ फ्रेशनर तो है ही, गले की खराश, तनाव भी दूर करती है। शरीर को डिटॉक्स करती है। इलायची में कार्बोहाइड्रेट, डाइटरी फाइबर, कैल्शियम, पोटैशियम, मैग्नीशियम, आयरन और फॉस्फोरस मुख्य रूप से पाये जाते हैं।

इन्द्राणी साहू साँची

मो.न. - ८२५१८५३८६८।
शिक्षा- एम.ए., बी. एड., एल.एल.बी.
सम्प्रति-शिक्षिका, विधा -विविध छन्द, गीत, गजल, दोहा। साहित्यिक यात्रा-२५ से अधिक साझा संकलन प्रकाशित, सम्मान-उत्कृष्ट शिक्षक सम्मान, विभिन्न साहित्यिक मंचों से प्राप्त सम्मान पत्र। भारतीय स्टेट बैंक के पीछे,
जिला- बालौद बाजार, भाटापारा, छत्तीसगढ़।

कैसे जीवन सार लिखूँ

हुआ विषैला कलुष पवन यह, कैसे मस्त बयार लिखूँ ।
लॉकडाउन की इस दुविधा में, कैसे जीवन सार लिखूँ ।।

श्यामल वारिद तप्त हुए अब, अग्नि बरसती अम्बर से ।
प्यास बुझे कैसे वसुधा की, शुष्क हुए से निर्झर से ।।

चन्द्र प्रभा की कान्ति क्षीण-सी, दिनकर तप्त हुए भारी ।
नदियाँ नीर बिना अब रोयीं, शुष्क वाटिका बेचारी ।।

प्रकृति लगे आक्रोशित ऐसी, जीना अब दुश्वार लिखूँ ।
लॉकडाउन की इस दुविधा में, कैसे जीवन सार लिखूँ ।।

उच्चाकांक्षा की बीमारी, क्रूर बनाती मानव को ।
दैवीय भाव तज अज्ञानी, पाल रहा मन दानव को ।।

लोभ द्वेष में घिरा हुआ नर, मकड़जाल नित बुनता है।
सत्य झूठ के मध्य फँसा वह, मार्ग मृत्यु खुद चुनता है ।।

संतोषी मन की पीड़ा से, कैसे सुख आधार लिखूँ ।
लॉकडाउन की इस दुविधा में, कैसे जीवन सार लिखूँ ।।

दुश्चिन्तन के पंख लगे हैं, सदचिन्तन बैठा घायल ।
पाँव कटी बिटिया रानी के, कैसे खनके अब पायल।।

आस्तीनों के साँप बने हैं, मुख में राम बगल छूरियाँ ।
लूट रहे बन मीत हमारे, दिलों बीच बढ़ी दूरियाँ ।।

मसि कहाँ से लाऊँ साँची, जिससे शुभ संसार लिखूँ ।
लॉकडाउन की इस दुविधा में, कैसे जीवन सार लिखूँ।।

आयी इक ऐसी बीमारी, जो जीवन पर हो गयी भारी।
सारी दुनिया हो गई बेबस, ऐसी आयी ये महामारी।।

मिलना जुलना बन्द हुआ, मानव घर में कैद हुआ।
लॉकडाउन के इस आलम में, धन्धा-पानी बन्द हुआ।।

मजदूरों ने किया पलायन, कैसे उनकी व्यथा लिखूँ।
लॉकडाउन की इस दुविधा में, कैसे जीवन सार लिखूँ।।

उषा साहू

लंदन से।
शिक्षा- एम.ए. भोपाल। दो कथा संग्रह प्रकाशित, तीसरा प्रकाशनाधीन, नव भारत, नव भारत टाइम्स, राजस्थान, पत्रिका और गृह पत्रिकाओं में कहानियाँ, लेख प्रकाशित सम्प्रति- इण्डियन आयल कार्पोरेशन लिमिटेड से वरिष्ठ प्रबंधक के रूप में सेवानिवृत्त। बॉम्बे-
मो० ६३२४०४५५१२

लॉकडाउन में पलायन

मित्रों, इस भयंकर बीमारी के घाव देश के पोर-पोर में खदक रहे हैं। देश में ही क्यों, इसने तो पूरे विश्व को अपने नागपाश में ले लिया है। कब उबरेंगे, यह एक यक्षप्रश्न है। घाव भरने के बाद फिर क्या होगा, यह महायक्ष प्रश्न है। जिन्होंने अपनों को खो दिया, क्या उनकी कमी पूरी होगी ? पलायन के दौरान जो बिछड़ गये हैं, अब कहाँ मिलेंगे। पता नहीं, वे कहाँ हैं, हैं भी या नहीं ? पलायन की पीड़ा मैने देखी है। मेरे घर के पास मैदान में, मुम्बई के वो हजारों-लाखों लोग, जो अपने मुल्क को पलायन करना चाहते थे, सरकार द्वारा ठहराये गये थे।

आह! क्या दर्दनाक दृश्य था। बच्चे बिलख रहे हैं, पानी नहीं, रोटी नहीं, ओढ़ने-बिछाने को नहीं। बस, नीचे जमीन और ऊपर आसमान। ओह! रात कैसे बीती होगी?

सवाल ये था कि लोग पलायन कर क्यों रहे थे? बड़े शहरों में सब्जीवाले, पानीपूरी या रिक्शावाले, फुटपाथ वाले, दिहाड़ी मजदूरी करने वाले, ये सब दिन भर काम करते हैं तो शाम का चूल्हा जलता है।

लॉकडाउन में रोज कमाकर खाने वाले अपने गाँव को लौटेंगे ही। वहाँ सिर छिपाने को कम से कम अपनी छत तो है।

बान्द्रा स्टेशन पर गाँव की तरफ जाने वालों का जमावड़ा, पुलिस द्वारा उन्हें खदेड़ा जाना, डॉक्टरों पर प्रहार। मानवीय संवेदनाओं पर प्रहार करने लिए अब और क्या बाकी रह गया था।

वास्तव में देखा जाये तो इसमें कोई भी कुसूरवार नहीं है। सभी अपनी मजबूरी या ड्यूटी से बँधे हुए थे। सबकी रोजी-रोटी का सवाल था। बस एक ही रास्ता था, वहाँ से पलायन।

ऐसा लग रहा था मानो प्रकृति ही मानव के विरुद्ध हो गई है। एक और हृदयविदारक घटना हुई। विनाशकाले विपरीत बुद्धि। पलायन के दौरान कुछ लोग पटरी पर जाकर सो गये। अल सुबह धड़धड़ाती हुई ट्रेन आयी और सब कुछ खत्म। जबकि उन दिनों ट्रेनें बन्द थीं। पता नहीं वह ट्रेन कहाँ से मौत बनकर आ गयी। ये इतिहास के काले पन्ने हैं, जिनकी स्याही के दाग कभी हल्के नहीं होंगे। दुनिया का शायद ही कोई परिवार होगा, जिन पर इसके छींटे न पड़े हों। किसी की नौकरी गई, किसी ने अपनों को खोया, किसी का पड़ोसी, तो किसी के बूढ़े माँ-बाप बिछड़ गये, तो किसी का कमाऊ बेटा चला गया।

सरकार की तरफ से ऐसे लोगों के लिए हर सम्भव मदद दी जा रही थी। सामाजिक संस्थायें और हर व्यक्ति अपने-अपने तरीके से मदद के हाथ बढ़ा रहा था, पर पलायनकर्ताओं की संख्या हर राज्यों में इतनी ज्यादा थी कि यह सुविधाएँ ऊँट के मुँह में जीरा साबित हो रही थीं। ऐसे में विद्यार्थियों का जो अनमोल समय बर्बाद हुआ है, उसकी तो कोई भरपाई ही नहीं है।इस युग ने जो अमानवीय पीड़ा झेली है, वह सदियों तक भुलायी नहीं जा सकेगी।

उषा सक्सेना

मो० ९९९३३७२६५५। मध्यप्रदेश हिन्दी लेखिका संघ भोपाल से सीतायन महाकाव्य राघव पुरस्कार, अंजना मगरे पुरस्कार, भूमिजा खण्ड काव्य सम्मान,। मध्यप्रदेश लेखक संघ भोपाल, कस्तूरी बाई पुरस्कार, विश्व हिन्दी संस्थान इलाहाबाद काव्य श्री पुरस्कार, साहित्य कला परिषद ग्वालियर, शब्द-शब्दसमिधा, सीतायन महाकाव्य उत्कृष्ट साहित्य सम्मान। अग्नि शिखामंच, पतंजलि सम्मान, विश्व हिन्दी संस्थान, अमृता प्रीतम सम्मान।

लॉकडाउन का असर

इस महामारी ने हमें बहुत कुछ सिखा दिया।सत्य तो यह है कि मानव के कर्म ही उसके भाग्यनिर्माता होते हैं।प्रकृति का अत्यधिक दोहन जंगलों का विनाश, कंक्रीट की सड़कें और भवन -भुवनों के विस्तार ने हमें आज हरियाली एवं मिट्टी के संसर्ग से भी वंचित कर दिया। भौतिकता और विकास की इस चकाचौंध में अन्धे होकर हम अपनी संस्कृति को ही भूल गये।

भारत को एक कृषिप्रधान देश से विकसित राष्ट्र बना दिया, पर अपनी जड़ों को भी समाप्त कर दिया। कृषि की भूमि खेतों को बेच कर, महानगर बन गये और व्यक्ति खेत के मालिक के स्थान पर पूँजीपति या मजदूर। प्रदूषण ने पर्यावरण को नष्टकर ओजोन की परत में भी छेद कर दिया।

यह सब हुआ अति महत्वाकांक्षी होने के कारण। ऐसा प्रतीत होता है मानो विकृत प्रकृति ने अपना बदला लेने के लिए ही विकार उत्पन्न कर कोरोना जैसी महामारी को जन्म दिया, जिससे सम्पूर्ण मानवता खतरे में पड़ गयी।

श्रीमती उज्ज्वला व्यास

इन्दौर।
मो० ७०६७८८०१४६।

शिक्षा-बी.ए., एल.एल.बी. संगीत शिक्षा, प्राकृतिक चिकित्सा में डिप्लोमा, भोपाल।
समाजसेवा- संरक्षक, गायत्री शक्तिपीठ कनाड़िया, अखिल विश्व गायत्री परिवार, शान्तिकुंज हरिद्वार, न्यासी, गोपाल गोशाला न्यास, रतलाम (म.प्र.) आजीवन सदस्यता, भारतीय रेडक्रास सोसाइटी, सचिव, अन्तर्राष्ट्रीय हिन्दी परिषद, महिला प्रकोष्ठ।

लॉकडाउन-मध्यमवर्ग

२४ मार्च २०२० को सम्पूर्ण भारत में लॉकडाउन की घोषणा की गई। मैं ऐसे समय में मध्यम वर्ग की बात सामने रख रही हूँ।

उच्च वर्ग हर तरह से सक्षम होता है। संकटकाल में निम्नवर्ग के लिए शासन और सामाजिक संस्थाएँ सहायता करती हैं, परन्तु मध्यम वर्ग वाला अपना दर्द किसी को बयान भी नहीं कर सकता।

मध्यम वर्ग का व्यक्ति न तो फ्री राशन की लाइन में लग सकता है, न ही किसी संस्था द्वारा दिये गये भोजन पैकेट ले सकता है। मैंने देखे हैं ऐसे कई परिवार जिसमें बुजुर्ग माता-पिता हैं, जिसमें पिता की पेंशन और बेटे के प्राइवेट जॉब की आमदनी पर परिवार पलते हैं, किन्तु प्राइवेट जॉब छूट गई, तो अकेले की पेंशन पर गुजारा करना, महीने भर के राशन की व्यवस्था, मकान किराया, दवाइयाँ, बच्चों की फीस तथा अन्य आवश्यक खर्च उठाना कितना भारी पड़ा है। जीवन में पाई-पाई करके जमा की हुई पूँजी भी घर चलाने, लोन की किश्तें जमा करने में खर्च होने लगी। ऊपर से सैनिटाइजर, मास्क आदि के खर्च की बढ़ोत्तरी हुई और ऐसे में परिवार में किसी को संक्रमण हो गया, तो इलाज के बेहिसाब खर्च ने हालत इतनी खराब कर दी कि एक समय भोजन की नौबत आ गयी। सरकार को ऐसे लोगों के लिए भी योजना बनाना चाहिए।

बहुत से परिवार ऐसे जहाँ केवल बुजुर्ग पति-पत्नी अकेले रहते हैं और

बच्चे विदेशों या अन्य शहरों में कार्यरत हैं। ऐसे लोगों ने भी बहुत कठिनाइयों को सहा है।

बाजार बन्द, न खरीदारी न बेचवाली, पूरी अर्थव्यवस्था ठप्प। मध्यम वर्ग के छोटे-मोटे उद्योग करने वाले लोगों ने ऐसी परिस्थिति में आत्महत्या कर ली, तो कोई दिल के दौरे का शिकार हो गया। क्योंकि लोन की किश्तें भरना तक सम्भव नहीं था। जिनकी नौकरियाँ चली गयीं, वे अवसाद के शिकार हो गये। यह सारा दर्द मध्यम वर्ग ने चारदीवारों के भीतर चुपचाप सहन किया है।

उच्च वर्ग की परेशानी पूरे देश के लिए खबर बन जाती है, निम्न वर्ग के लिए शासन और सामाजिक संस्थाएँ दौड़कर पहुँच जाती हैं। किन्तु आज तक जब कोई सामाजिक संकट या त्रासदी आयी तो मध्यम वर्ग की ओर किसी का भी कभी ध्यान नहीं गया। किसी ने सोचा ही नहीं कि इस वर्ग में भी ऐसे कई परिवार होंगे, जिन्हें किसी न किसी बात की आवश्यकता हो सकती है। बोलने में सदा संकोच करने वाला यह वर्ग सब कुछ सहता है किन्तु कहता कभी नहीं ।

इस विपरीत परिस्थिति में भी यह मध्यम वर्ग ही था, जिसने साल भर विविध प्रकार के धार्मिक अनुष्ठान, यज्ञ, जप, व्रत, पाठ, पूजा आदि के माध्यम से विश्व कल्याण की भावना रखते हुए आध्यात्मिक प्रयोग करने में महती भूमिका निभायी। अपनी संस्कृति का पालन और संरक्षण करने वाला प्रमुख वर्ग मध्यम वर्ग ही है।

कुसुम सोगानी

पति-स्व० रमेशचन्द्र सोगानी। मोबा- ६६६६८८२४४१
शिक्षा-एम.ए. हिन्दी साहित्य, हिन्दी विशारद, साहित्य रत्न प्रयागराज, संस्कृत- कोविद, इलाहाबाद, संगीत -विशारद। जैन धर्म परीक्षा-रत्नाकरंड से श्रावकाचार तक। जैन साहित्य में पीएचडी अन्तिम वर्ष। लेखन- कविता, कहानी, लघुकथा, गीत व समीक्षा आदि। कई मंचों से सम्मान प्राप्त।

लॉकडाउन-अनुभव

मेरी छोटी बहन की ५० वीं शादी की सालगिरह पर सभी परिवारजन यू.एस.ए. से भी आये थे। मेरे बेटे का यू.एस. वीजा लैप्स होने वाला था १ अप्रैल को। बहन के साथ ही हम जाने वाले थे । हमारी टिकट १५ मार्च हुयी और आने की ५ अप्रैल की, परन्तु किसको पता था कि लॉकडाउन में यह सपना ही रह जायेगा।

बहुत सालों बाद मैं, बेटा, देवर-देवरानी एक साथ रहे। यह बिल्कुल सत्य है कि अपनों का सम्बल किसी दैवीय शक्ति से कम नहीं होता। कहीं आना-जाना नहीं था। बिजनेस भी बन्द था, तो मिल-जुलकर काम बहुत आसान हो जाता था।

मेरी पुस्तकों की लाइब्रेरीनुमा अलमारी बरसों से देखी, सँभाली नहीं गई थी, पर अब मुझे मौका मिला तो मैने कई धार्मिक ग्रंथ व हिन्दी साहित्यिक ग्रंथ, साहित्यकारों की रचनाएँ व कई किताबें धैर्य व मन लगाकर पढ़ीं। सुबह-शाम ३६ मिनट के स्वाध्याय का नियम बनाया।

मुझे सिलाई-कढ़ाई का हद दर्जे का शौक था, जो अब लगभग छूटा था, परन्तु लॉकडाउन पीरियड में ये कसर पूरी की। बहुत मास्क बनाये, लोगों को बाँटे, तो इतनी अच्छी फीलिंग आयी और मन को बहुत सुकून भी मिला। लॉकडाउन के पहले अक्सर महीने में पन्द्रह दिन बाहर खाना रहता, पर अब सब बन्द होने से विभिन्न प्रकार का घर का खाना बनता, तो कई विस्मृत पारम्परिक रसोई बनाने का मौका मिला। सेव पपड़ी चूड़ा, चाय मसाला, दूध मसाला भी घर पर ही बनाया।

भगवान के दर्शन घर में रखे चित्र के समक्ष नियम से और आत्मचिन्तन

भी करती हूँ... कि हे प्रभु। इस लॉकडाउन का पीरियड मेरे लिये मानो स्वयं को पहचानने की सौगात लेकर आया। मैंने इसे सकारात्मक सोच के साथ आत्मसात किया। ये घड़ी फिर आयेगी ही नहीं, ये सोचकर समय का भरपूर उपयोग किया। मृतप्राय शौक जिन्दा किये। वर्षों की भाग-दौड़ की थकावट को विराम मिला था, तो उसे आराम के साथ ही जिया। कई महत्वपूर्ण सम्बन्ध-व्यवहार शिथिल हो चले थे, उन सबकी खैर-खबर ली।

ऐसा नहीं कि कोई मुश्किलें नहीं आयीं, पर उनका साहस से सामना भी किया। ये सब चीजें हमें लॉकडाउन ने सिखायी। इन सबसे ऊपर स्वयं व परिवार की सुरक्षा का नियमित ध्यान हम सबने रखा। बार-बार हाथ धोना, बिना मास्क नहीं रहना, गर्म पानी वा काढ़ा पीते रहने से हम काफी हद तक सुरक्षित रहे। और सबसे अहम बात, मैंने नित्य प्रति कहीं न कहीं रचनाओं को गढ़ा, मनन किया व प्रकाशित भी किया। इस तरह लॉकडाउन का पीरियड खत्म तो हुआ पर त्रासदी बाकी है। इसलिये प्रार्थना यही है कि भगवान इसे नष्ट कर दो ।

किरण लता वैद्य

पति-श्री प्रदीप बी. वैद्य, रायपुर।
मोबा-९८२६५१६४३०।
शिक्षा-बी.एस.सी., गीतांजलि, डिप्लोमा।
प्रकाशन-काव्य संग्रह, मन-मंजरी,
प्रकाशनाधीन मुस्कान, खिड़की से झाँकता चेहरा।
सम्मान-श्रम साहित्य विशारद, स्व.खूबचन्द बघेल स्मृति व साहित्य सृजन, विशिष्ट हिन्दी सेवी, सारस्वत सम्मान, मानव साहित्य भूषण सम्मानोपाधि, कलम क्रान्ति सम्मान सहित अनेक सम्मान।

लॉकडाउन-मध्यम वर्ग

लॉकडाउन का प्रभाव पूरे विश्व की अर्थव्यवस्था पर पड़ा। हम यहाँ जिसके परिप्रेक्ष्य में बात करेंगे, वो है मध्यम वर्ग। यह समाज का वह वर्ग है जो शासकीय, अर्ध-शासकीय या निजी संस्थानों, दफ्तरों, कारखानों, दुकानों आदि में कार्य करता है। अचानक तालाबन्दी से यह वर्ग सर्वाधिक प्रभावित हुआ, क्योंकि वह एक सुनियोजित ढंग से परिवार का भरण-पोषण, बच्चों की शिक्षा- दीक्षा, उन्हें सुरक्षित भविष्य देने के लिए छोटी-छोटी बचत के साथ सुख-सुविधा के सब साधन जुटाते हुए स्वाभिमान के साथ जीता है।

यह समाज का वह बुद्धिजीवी वर्ग है जिसमें शिक्षक, अधिकारी, कर्मचारी शामिल हैं। यह अपनी सामाजिक प्रतिष्ठा के प्रति अधिक सचेत होता है। यही वह वर्ग है जो हमारे तीज त्योहार संस्कृति का सच्चा संवाहक है। कम आय के बावजूद सामाजिक परिवेश के अनुसार अपने रहन-सहन का स्तर बनाये रखता है। कोरोना के कारण मध्यम वर्ग पर ऐसा कहर टूटा कि उसका सारा विनियोजन और सपने धराशायी हो गये। उन्हें काम से हटा दिया गया।

कुछ की तो आय बन्द, कुछ के वेतन में कटौती की गई। ऐसे में मध्यम वर्ग ने अपनी छोटी-मोटी बचत, जो बच्चों की शिक्षा, विवाह और अपने बुढ़ापे को सुरक्षित करने को रखी थी, क्रमशः घटते हुए खत्म होने लगी। दैनिक खर्च सिमट गये, पर बिजली का बिल, मकान, दुकान का किराया देना ही था। मकान और कार

की किश्तें बन्द नहीं हुईं। कुछ मानवीय दृष्टिकोण तो कुछ सामाजिक प्रतिष्ठा का खयाल कर मध्यम वर्ग खूब पिसा है। अपनी सहज मानसिकता के कारण, जबकि बड़े और समर्थ लोगों, संस्थानों ने अपने कामगारों की छुट्टी करके उनकी सुध तक न ली।

परिवार से दूर कार्यरत बच्चे घर आये, कोरोनाकाल का यह सुखद पहलू था। इस सुनहरे अवसर के लिए कामकाजी लोग हमेशा तरसते हैं। सबकी पसन्द का खाना बनाना, खिलाना विशेष रुचिकर रहा, लेकिन यह कार्य गरीबी में गीला आटा कर गया। यहाँ तक कि परिवार का भरण-पोषण तक एक चुनौतीपूर्ण हो गया।

यह ऐसा वर्ग है जिसे कोई सरकारी सुविधा सहायता नहीं मिलती। ऐसे में वह निराशा, हताशा और अवसाद का शिकार हुआ है। इस मनः स्थिति में आत्महत्या की कई घटनाएँ घटी हैं। दुःखद स्थिति है कि इनमें अधिकांश की उम्र चालीस के अन्दर ही रही।

यह अविश्वसनीय घटना है कि बड़े से आलीशान मकान जिसके सामने बड़ी-सी कार खड़ी है, वहाँ भी फाँके की नौबत आयी। उस मकान मालिक को अपने पोते की भूख के कारण छुपकर लाइन में लगकर खाना लेते देखा है। बहुत मुश्किल है ऐसी मनःस्थिति का अन्दाजा लगाना क्योंकि यह मध्यम वर्ग भी इंसान है और वह अपनी स्थिति को ताना-बाना जोड़कर ही इज्जत की चादर ओढ़े रहता है।

श्रीमती कृष्णा वर्मा

शिक्षा- एम.ए.
पता-वर्मा हाउस, कोठी बाजार, होशंगाबाद.
मो० ९४०६५५६३६०।
नर्मदा घाटी अनुसन्धान केन्द्र व श्री सत्य साँई सेवा संस्थान सदस्य, नर्मदा चेतना संस्थान, उपाध्यक्ष, चित्रगुप्त सभा व तक्षशिला महिला संस्था. संरक्षक, वागेश्वरी संगीत एवं साहित्य संस्था विशिष्ट सलाहकार, पुलिस परामर्श केन्द्र होशंगाबाद, .पूर्व परामर्शदात्री राष्ट्र भाषा प्रचार समिति, वर्धा, भारतीय रेडक्रास सोसाइटी आजीवन सदस्य।

भीषण संकट

कोरोना के इस विषम दौर में, आज उबरने की राह न सूझे
हृदय विकल है मन अधीर है, पर बचाव का उपाय न सूझे ।।
सत्रह नवम्बर दो हजार उन्नीस, तारीख बेहद थी काली
कोरोना बनकर जो चीन से आयी, वो महामारी है निराली।।
काल ने अपना जाल बिछाया, घर के अन्दर सबको डाला
बाईस मार्च को जनता, तेईस मार्च से लॉकडाउन लागा।।

२०२० ने दुनिया को डराया, कल कारखाने सब बन्द हुए
मजदूरी के रास्ते बन्द हुए, भूखों मरते रोटी को तरसे।।
वापिस अपने गाँव चले, मासूम बच्चों को घसीटते
काँधे पर पोटलिया टाँगे, बिन चप्पल जूते के चलते।।
गरम सड़क पर पाँव जलाते, अपनों के पास चले अभागे,
यहाँ मरेंगे वहाँ मरेंगे, पर नहीं अपनों के पास मरेंगे।।
रूखी सूखी शायद ही मिले, पर अपनों के दरस मिलेंगे
विपदा उनकी कितनी बाँचें आँखों के आगे तम ही नाचे।।

असहायों का धीरज डोला, सरकार ने अपना कोष खोला
बच्चा-बच्चा सामने आया, सेवाधर्म सभी ने अपनाया।।

जब जनाजा निकला

शहर में खबर है कि आज फिर
कोरोना से एक मौत और हुई
आज फिर सामने से जनाजा निकला।।

न किसी ने कन्धा दिया
न कोई रोते हुए पीछे चला
न हार चढ़े न फूल बरसे
न कोई कफन ओढ़ाने वाला
यह कौन बदनसीब खुदा के घर चला
कोई भी न था मरसिया पढ़ने वाला ।।

हैरत की बात तो यह है यारों
नहीं था कोई अग्नि देने वाला
अब तक वह मुगालते में जीता रहा था
संग चार कदम चलने वाला कोई न था।।

किसी को वक्त ने मजबूर किया
किसी को यूँ भी आना न था।।
उसे रहा इन्तजार रिश्तों को उसने पहचाना न था।

कुमुद दुबे

मो० ६४२५६०२६६१।
सम्प्रति -वाणिज्यकर विभाग से स्वैच्छिक सेवानिवृत्ति, रुचि-पठन-पाठन, लेख, कहानी, लघुकथा, कविता हाइकु, विभिन्न पत्र-पत्रिकाओं एवं साझा संकलन में सतत प्रकाशन। न्यूजर्सी, मिशिगन, शिकागो, लन्दन, पेरिस की यात्राएँ और वहाँ हिन्दी का प्रचार-प्रसार। नवचेतना संवाद पत्रिका में रेसेपी का नियमित कॉलम।

लॉकडाउन-मैं, मेरी दृष्टि

हमारे जीवन के बीते वर्षों की आप बीती, घटनाएँ, कई यादें स्मृति पटल पर संस्मरण रूप में स्थापित रहते हैं। कोरोना ने पूरे विश्व को एक समान नकारात्मक परिस्थितियों में लाकर खड़ा कर दिया। हमारे आसपास घटित घटनाओं ने द्रवित कर दिया, साथ ही चन्द महीनों में ही कई घटनाएँ हमारे स्मृति पटल पर स्थायी तौर पर अंकित हो गयी हैं। सांस्कृतिक साहित्यिक मंच के साझा संकलन में डॉ० सुधा चौहान के सहयोग से लॉकडाउन-अनुभव, अपने-अपने दृष्टिकोण से साझा किये हैं, जो बरसों-बरस संस्मरण के रूप में पढ़े जाते रहेंगे।

मैं, मेरी दृष्टि और दृष्टिकोण से कुछ अनुभव शब्दों के माध्यम से साझा करने का प्रयास कर रही हूँ।

मनुष्य सामाजिक प्राणी है और इस विश्वव्यापी संक्रमण ने कुछ लोगों को एकाकी कर दिया, तो कुछ को अपनों के नजदीक ला दिया। संक्रमण फैलने से जिनके बच्चे दूसरे शहरों में पढ़ रहे, कार्यरत हैं, पढ़ाई और ऑफिस के कार्य घर से करने की अनुमति मिलने से लौट आये और उनके अभिभावकों का एकाकीपन समाप्त हो गया। नौकरी के चलते कुछ बच्चे विदेशों में भी कार्यरत हैं।

वे इस वर्ष माता-पिता से मिलने नहीं आ सके, न ही माता-पिता बच्चों के पास जा सके। सगे-सम्बन्धियों से भी दूरी बनाना पड़ा। कुछ लोग अकेलेपन के कारण, नौकरी छिन जाने, बेरोजगार हो जाने से, चिन्ताग्रस्त हो डिप्रेशन का शिकार हो गये। कुछ ने दुखी हो अपना जीवन ही समाप्त कर लिया।

कई लोगों की नौकरी ऐसी थी कि वे बच्चों के जागने के पहले काम पर चले जाते थे और बच्चों के सो जाने पर घर आते थे। कई पिताओं को यह तक पता नहीं होता कि बच्चे कौन-सी कक्षा में पढ़ रहे हैं। लॉकडाउन से घर में रहने की मजबूरी ने पूरे परिवार को साथ में रहने, एक-दूसरे को समझने का अवसर मिला। कुछ लोग नशा करने, कुछ को जुआँ खेलने, क्लबों में जाने की आदत थी; शराब, चरस, गाँजा आदि व्याधियों के शिकार थे। बन्द के दौरान नशीली वस्तुओं की अनुपलब्धता, संक्रमण के डर ने आदतें बदल दी। चोरी, डकैती, व्याभिचार जैसे अपराध में भी कमी आयी।

दूसरी ओर अधिक समय परिवार के बीच व्यतीत करने से रिश्ते कुछ यूँ आपस में सिमट गये। बहुत से बच्चों और माता-पिता, पति-पत्नी के रिश्तों में दूरियाँ, मनमुटाव बढ़ रहा था, कसावट आ गई। महामारी के खौफ ने अपनों के बीच की दरार को पाट दिया, कई परिवार बिखरने से भी बच गये। कोरोना महामारी का प्रकोप भले ही कम हो जाये, परन्तु हमें कई वर्षों तक एहतियात बरतनी होगी। जिस प्रकार सूर्योदय होते ही प्रकाश फैल जाता है, वैसे ही सकारात्मक सोच से सारी बाधाएँ दूर हो जायेंगी, एक नया सबेरा आयेगा और संसार फिर से अतीत-सा द्रुतगामी हो जायेगा।

डॉ० चन्द्रकला जैन, चण्डीगढ़

मो० ७०४२३२७२१२

शिक्षा-एम.एस.सी.बी.एड.।

पत्र-पत्रिकाओं में रचनाएँ व दस साझा संकलन। इटली मे कला रेसिडेंसी कार्यक्रम, नाईजीरियन कलाकार अयाबोला आकून के साथ व चेक कलाकार-चित्रकार पेट्रा वेलन्तोवा के साथ कार्य, आदिवासी गौड चित्रकारी, मधुबनी कलाकारों के साथ स्वरचित कविताओं पर कार्य। अमेरिका एवं चेक गणराज्य में कला-काव्य प्रर्दशनी।

लॉकडाउन-सावधानी

दुनिया में यह पहला मौका था, जब यातायात के सारे साधन थम गये। जो जहाँ था वहीं रुक गया। नौकरियाँ, कम्पनियाँ बन्द हुईं। नौकरीपेशा कैसे कमायें, क्या खायें, कैसे घर का भाड़ा दें! लाखों मजदूरों ने पैदल पलायन कर दिया। कितनों ने रास्ते में दम तोड़ा, स्वतंत्र भारत की यह सब से बड़ी दिल दहलाने वाली त्रासदी थी।

कोविड-१६, मास्क, क्वारण्टाइन, सोशल-डिस्टेंसिग, पैण्डेमिक, फ्रंटलाइन वर्कर, पी पी ई किट, कॉण्टैक्ट ट्रेसिंग आदि शब्दों से हमारी मुलाकात हुई। वैज्ञानिक कहते हैं कि संक्रमित सतह से वायरस फैलने का कोई प्रमाण नहीं है। इसके बजाय हवाई अड्डे, थियेटर, मॉल, रेस्टोरेण्ट, बाजार, घरों ऑफिसों जैसी बन्द जगह पर संक्रमित व्यक्ति की साँसों से संक्रमण फैलने का खतरा ज्यादा है।

वायरस का फैलाव रोकने के लिए २० सेकण्ड तक हाथ धोना या सेनिटाइजर का इस्तेमाल करने को प्रोत्साहित करने के बजाय वेण्टिलेशन व्यवस्था को सुधारने और बन्द जगह की हवा के फिल्टरेशन पर जोर देना उपयोगी होगा।

कोरोनावायरस बात करते, साँस लेते, चिल्लाते, खाँसते, गाते, छींकते समय ड्राप्लेट्स के रूप में मुहं से बाहर निकलते हैं, इसलिए उस व्यक्ति को डिसइंफेक्ट करने से उसके द्वारा संक्रमण का खतरा कम नहीं होगा। एक अध्ययन में पता चला है कि सतह पर स्थित वायरस, वायरस का मृत या निष्क्रिय हो चुका हिस्सा होता है, जो संक्रामक नहीं होता है।

"द लेंसेट" प्रतिष्ठित पत्रिका का कहना है कि लोगों को आगाह करें कि रेस्टोरेण्ट, नाइट क्लब, आफिस, पूजापाठ, भीड़ वाली जगह, वायुमण्डलीय प्रदूषक से संक्रमण फैल सकता है, ऐसे स्थानों से बचें।

वैज्ञानिक मानते हैं कि कोरोना एक जूनाटिक रोग है। जूनाटिक रोग, जो जानवरों से मनुष्यों में पहुँचते हैं। एक प्रजाति से दूसरी प्रजाति में वायरस के प्रवेश करने को स्पिलोवर कहते हैं।जानवरों से मनुष्यों में प्रवेश करने वाले वायरसों में नीपा वायरस उल्लेखनीय है, जो चमगादड़ों फ्रूट बैट्स से फैला था, चिम्पांजी को बेतहाशा मारने के कारण एड्स संकट उत्पन्न हुआ। हार्स शू बैट्स चमगादड़ के कारण, सार्स और मैकाक बन्दरों ने हर्पीज बी वायरस फैलाया।

भविष्य में वायरस से होने वाली बीमारियों को रोकने के लिए हमें स्वास्थ्य के साथ पर्यावरण का भी ध्यान रखना होगा। हमें प्रकृति और वन्यजीवों के प्रति अपना रवैया बदलने की आवश्यकता है।

कोविड-१६ ने विश्व की आर्थिक स्थिति, शिक्षा, स्वास्थ्य, पर्यावरण को प्रभावित किया। विश्व आर्थिक मन्दी के दौर से गुजर रहा है। रिसर्च एवं डेवलपमेण्ट शिक्षा और चिकित्सा क्षेत्र के लिए बहुत महत्वपूर्ण है। लार्कडाउन में पर्यावरण ने राहत की साँस ली।

ट्विंकल आडवाणी

बिलासपुर।
मो०-७६७४८६५१३१।
शिक्षा- बी.काम., बी.जे., रुचि- लेखन, कुकिंग, डांस, समाज सेवा। उपलब्धी, राष्ट्रपति एवं राज्यपाल पुरस्कार, बेस्ट स्टूडेण्ट अवार्ड, लॉयंस क्लब पुरस्कार, नारीशक्ति सम्मान, मिसेज बिलासपुर, काव्या विभूषण सम्मान, कथा गौरव अवार्ड, नारी रत्न अवार्ड, साहित्य सम्मान ब्लैक ब्यूटी पत्रिका अवार्ड वकई तीन साझा संग्रह प्रकाशित।

'मेरी प्यारी माँ'

माँ एक गुरु की तरह थीं जिन्हें मैंने अनदेखा किया। मेरी शादी के ४ माह बाद ही माँ चल बसीं। उफ! कितना अनिश्चित है ये जीवन।

माँ के जाने के सात दिनों बाद लॉकडाउन लग गया। चाचा-चाची, माँ की अस्थियाँ विसर्जन के लिए इलाहाबाद गये थे, मगर ट्रेन बन्द होने की वजह से वो नहीं आ पाये। चाची का मायका वहीं था। पापा बहुत अकेले हो गये थे। दादी तो पहले ही बीमार रहती थीं। घर में हम चार भाई-बहन, चाची की दो बेटियाँ, बुआ व उनकी बेटी भी रुकी थी, जो कोरोना के कारण वापस न जा सकी।

लॉकडाउन में सब घरों में थे। काम बहुत ज्यादा होता था। हर काम खुद करना पड़ता था। माँ ने हमेशा से सिखाया कि अपना काम खुद करो। माँ आज पता चला कि आप सही थीं। तब मैं गुस्सा करती थी और कहती थी ऐसा पैसा किस काम का जब खुद ही नौकरानी बन जाये लेकिन आज आपकी आदत ने मुझे मजबूत बना दिया। आपने इतनी चीजें बनानी सिखायी कि मुझे कभी दिक्कत ही नहीं हुई। सबकी पसन्द, स्वास्थ्य, मौसम और बजट का भी ध्यान रखना और फिर उतने ही प्रेम व चाव से सभी को परोसना।

माँ, आपने तो पूरा आयुर्वेद मुझे पढ़ा दिया था। इसका फायदा अब हो रहा है, लॉकडाउन में। सब जल्दी उठते, नहाते और रोज सब मिलकर दुर्गाकवच

का पाठ करते थे। सुबह-शाम आरती, पूजा मिलकर करते थे। सच में हम सब आपके बिना टूट गये, लेकिन एक दूसरे का सहारा बने रहे।

माँ! आप दूसरों की मदद को हमेशा तैयार रहती थीं। घर के पीछे वाली बस्ती में कई बेरोजगार हो गये, जो हमारे पास आये उन्हें कई दिनों का राशन दिया, उसको सब्जी बेचने, किराना का सामान बेचने के लिए आर्थिक मदद की। कई दिनों तक पापा ने रात्रि लंगर की व्यवस्था आपके दानपेटी से कर दी। आप सही कहती थीं दानपेटी में दान के लिए पैसे डालने चाहिए, इससे कितने लोगों की मदद हो जाती है।

रोज पक्षियों को दाना देने से, उनसे मेरी दोस्ती हो गयी, उनकी संख्या भी बढ़ गई है। आपका बनाया किचन गार्डन आज पूरा सब्जी से भरा है। लॉकडाउन में ज्यादातर सब्जियाँ गार्डन से लेकर बनायी हैं। माँ! सच, मैं आपकी तरह बनना चाहती हूँ, अपनी बेटी को भी आपके जैसे ही संस्कार देना चाहती हूँ।

अभी सब ट्रेनें खुल गई हैं। परिस्थितियाँ पहले से बेहतर हैं इसलिए वापस अपने ससुराल जा रही हूँ। चाचा-चाची भी घर आ चुके हैं। आप कहती थीं, मरने के बाद लोग सितारे बन जाते हैं। आप कौन से सितारे में हैं, पता नहीं, पर मैं रोज आसमान को निहारना नहीं भूलती हूँ। खत आपके लिए है माँ, इसे जरूर पढ़ लेना। आयी लव यू माँ... आयी लव यू माँ... आपकी बेवकूफ बेटी

नीति अग्निहोत्री

इन्दौर।
मो० ६३०१६१८३१३ ।
लेखन- कविता, कहानी, लघुकथा, निबन्ध, उपन्यास। प्रकाशन-मनमाँगे इन्द्रधनुष, उपन्यास-खुशबू बन गई वह। सम्मान-स्वदेश, इन्दौर लेखिका संघ, व दूरदर्शन से कहानियाँ सम्मानित, नयी दुनिया अवार्ड के लिए नामित, जे. एम.डी, प्रकाशन से महादेवी स्मृति सम्मान, मगसम दिल्ली से शतकवीर सम्मान, श्रीमती हरबंस कौर स्मृति सम्मान ।

कोरोना महामारी का आगमन

लॉकडाउन, यानी एक भयावह स्वप्न! कभी सोचा भी नहीं था कि दिन, महीने भय और मुश्किल दौर से गुजरेंगे। अचानक कोरोना महामारी का आगमन मानो खुशियों की विदाई। बाहर निकलने का तो प्रश्न ही नहीं, जबकि मैं चार-पाँच साहित्यिक समूहों से जुड़ी हूँ और आये दिन कार्यक्रमों में जाना रहता है। हमारी भजन मण्डली है, जिसके कार्यक्रम सुन्दरकाण्ड व भजन आदि चलते रहते हैं। मैं घर पर कम ही रह पाती और प्रतिदिन कहीं न कहीं व्यस्त रहती।

अब लॉकडाउन में घर में ही रह कर सारे घरेलू कार्य करना पहले तो दुष्कर प्रतीत हुआ, क्योंकि आदत नहीं रही थी। परन्तु यह सोच कर ऊर्जा का संचार हो गया कि अपने को ही सब करना है। स्वयं को तैयार किया इस विषम स्थिति का सामना करने के लिए, यह सोचकर कि दिन तो सभी गुजर जाते हैं, अच्छे हों या बुरे, ये दिन भी गुजर ही जायेंगे।

दूरदर्शन पर समाचार देखते रहते कि क्या चल रहा है। मालूम पड़ा कि वैक्सीन आने में अभी समय लगेगा और सबसे सुरक्षित घर पर रहना ही है। आवश्यक कार्य से बाहर निकलना पड़े तो मास्क लगायें और हाथों को बार-बार साबुन से धोयें तथा सेनेटाइज करते रहें। बाहर से आने पर नहायें और डेटालयुक्त पानी में कपड़े डालें। इतनी समझाइश के बाद भी लोगों की लापरवाही सामने आती रही और कोरोना का कहर बढ़ता गया ।

शहरों में जो श्रमिक कार्यरत थे, उन्होंने अपने गाँव पलायन प्रारम्भ कर दिया। कई किलोमीटर पैदल चलने से उनके पाँवों में छाले पड़ गये, जिन्हें देख कर हमारे दिल भी छलनी हो गये।

ऐसे में कुछ देवदूतों ने अपनी जान की परवाह किये बिना अपने शहर से होकर गुजरने वाले श्रमिकों को नाश्ता, भोजन और पानी पहुँचाया। लॉकडाउन में चिकित्सा विभाग, पुलिस विभाग और सफाई विभाग ने अपना कर्तव्य जान की बाजी लगा कर निभाया। सभी का सादर वन्दन और अभिनन्दन है।

कई लोग काल का ग्रास बने और कई कोरोना की चपेट में आकर ठीक भी हुए। जिससे जितना बन पड़ा असहायों की सहायता करता रहा। एक अप्रत्यक्ष वायरस जैसे दुश्मन ने पूरे विश्व को हिला दिया और मानव के अहं को भी तोड़ दिया कि वह चाहे कितने भी अणु व परमाणु बम बना ले, परन्तु एक घातक वायरस सब कुछ तहस-नहस कर सकता है।

दूसरी ओर यह भी समझाया कि मानव को प्रकृति की उपेक्षा करना मँहगा पड़ सकता है। प्राकृतिक आपदा आने पर सारी दौलत भी नहीं बचा पाती। फिर क्यों मानव पैसे के लिए अनैतिक तरीके अपनाने से बाज नहीं आता। यदि मानव समझ सके तो कोरोना एक बड़ा सबक सिखा रहा है, ताकि वह सुधर सके।

निशी मंजवानी

हितेश मंजवानी
(सनफार्मा, प्रोडक्शन मैनेजर)
मो० ८३०५१६०२५५। जन्म तिथि- १३-०७-८६।
पता- १३१६, स्कीम नं६ ११४, इन्दौर। शिक्षा-बी. फार्मेसी, पी.जी.डी.सी.ए.।
लेखन- कविता, कहानी, लघुकथा, लेख। रुचि-पठन-पाठन, उपन्यास, कविता, रोचक तथ्य, गायन व टीचिंग।

कोविड में नजरिया बदला

सुन रही हूँ आजकल सबसे,
यह वर्ष बहुत ही दुखद रहा।
पर न जाने क्यूँ यह वर्ष मुझको,
लगता जैसे सबक रहा।

न ही मन में उमंग रही,
न त्योहारों में उल्लास रहा।
किसी ने बिताये अपनों संग पल,
कोई अकेलेपन से उदास रहा।

परिवार से जब हम दूर थे,
किसी से न सरोकार था।
हर मुलाकात लगती सामान्य थी,
समय का सदैव अभाव रहा।

आज तनहा बैठे इस बिस्तर पर,
एकान्त भरे इन क्षणों में मैंने,
मोड़ के पहिया समय का पीछे,
हर दिन हर पल याद किया।

जीवन कितना मूल्यवान है,
इसका अर्थ अब समझ लिया।
चाहे कुछ भी कहे यह दुनिया,
मैंने यह एहसास किया।

सुख-दुख तो है बात अलग,
यह वर्ष मानवता के लिए,
समता समभाव के लिए
प्रकृति परिवर्तन का सबब रहा।

अन्त मैं यही कहना चाहूँगी
हर समस्या का है समाधान।

स्वस्थ दिनचर्या, योग- व्यायाम,
खान-पान सेहत पर ध्यान,
स्पर्श न करना, श्वास दूर रखना,
भीड़भाड़ पर दो विराम,
आचार-व्यवहार पर हो सन्तुलन,
यही है कोविड का समाधान।।

नीलू सक्सेना

पति-गिरजाशंकर सक्सेना। देवास।
मो० ६७७००५१५२७ । शिक्षा- एम.ए.समाजशास्त्र। समाजसेवा- म. प्र. राज्य आनन्द संस्थान। श्री जी में उपाध्यक्ष। राहे कलाम, रोटी बैंक, पुलिस की पाठशाला में सेवा कार्य, इनरव्हील क्लब में एडवाइजर।१२ साझा संकलन। साहित्य गुंजन, काव्य सिद्धि, राष्ट्रीय नवाचार दैनिक अखबार में रचनाएँ। २२ सर्टिफिकेट व शील्ड। ।

लॉकडाउन व पर्यावरण

कोरोना के कारण जो व्यक्ति कोरोना संक्रमित हुए, उन्हें व उनके परिवार को बहुत सारी परेशानियों का सामना करना पड़ा। हर व्यक्ति डरा सहमा-सा रहने लगा, किसी भी वस्तु को छूने से डरने लगा था। लॉकडाउन के कारण गाड़ी के पहिये के साथ ही मानो समय का पहिया भी थम गया था। न कहीं आना न कहीं जाना, जैसे जिन्दगी रुक-सी गई हो।

हाँ, इससे पर्यावरण को बहुत ही फायदा हुआ। पर्यावरण में जो प्रदूषण बहुत तीव्र गति से बढ़ रहा था, धीरे-धीरे सुधार होने लगा। धूल-मिट्टी के कण उड़ना बन्द हो गये, हवा स्वच्छ, निर्मल बहने लगी। शहरों में प्रदूषण लगभग समाप्त व साफ हो गया।

हिमालय पर्वत की बर्फ भरी ऊँची-ऊँची चोटियाँ कई किलोमीटर दूर से स्पष्ट दिखायी देने लगीं। आसमान स्वच्छ, सुन्दर नीलगगन-सा दिखने लगा। प्रकृति खुलकर साँस लेने लगी, पक्षी स्वच्छ हवा में विचरण करने लगे।

प्रदूषण लगभग समाप्त-सा हो गया। कोरोना के कारण महानगरों की वायु शुद्ध व प्रदूषणरहित हो गई। माँ गंगा, माँ यमुना व अन्य नदियां जो बहुत ही ज्यादा प्रदूषित हो गई थीं, कई नदियों का जल तो पीने लायक ही नहीं बचा था, जो कार्य करोड़ों रुपये लगाकर भी पूरा नहीं हो रहा था, वह कोरोना में लॉकडाउन के वक्त बड़ी आसानी से स्वंय ही हो गया। मानो प्रकृति ने स्वंय ही अपना सुधार कर लिया हो। इन्दौर की कान्ह नदी का जल स्वच्छ निर्मल हो बहने लगा। गन्दगी का

नामोनिशान ही नहीं रहा।

कई वर्षों से चलन बढ़ रहा था, महँगे-महँगे होटलों में खाना खाना, इंसान अपनी शान भी समझ रहा था, उससे उसका स्वास्थ्य खराब रहने लगा था। देर रात तक की पार्टियाँ, जागना स्वास्थ्य को हानि पहुँचा रहा था। लॉकडाउन के कारण सभी घर पर रहने को मजबूर थे। अतः घर का शुद्ध खाना खाने लगे, शुद्ध खाना के कारण बीमार होने का सवाल ही नहीं उठता । आहार और विहार से हमारे स्वास्थ्य पर बहुत असर पड़ा है।

कोरोना के कारण जब प्रदूषण कम हुआ तो आसमान में ओजोन परत में जो छेद बढ़ रहा था, उसके कारण गर्मी बहुत ज्यादा बढ़ रही थी, और वह किसी भी तकनीक से किसी भी उपाय से उसको भरा नहीं जा सकता था। उसमें भी कमी आयी।

लोगों को परिवार का महत्व समझ में आया, कोरोनो के कारण परिवार के सभी सदस्य एक-दूसरे को समझने लगे, नेह-स्नेह के साथ रहने लगे। सभी को एक-दूसरे का महत्व समझ में आया और मानव एक दूसरे की सहायता के लिए आगे आने लगा, और अब वह पर्यावरण व स्वास्थ्य दोनों के प्रति सजग हो गया।

नन्दिगी

पति- विवेक कानेटकर।
जिला- सागर, म.प्र.।
शिक्षा- बी.ए. प्राकृतिक चिकित्सा तथा योग... कम्प्यूटर कोर्स, विशेष रुचि हिन्दी पढने, लिखने, पढाने में गृहकार्य।
लेखन- कविता, कहानी, लघुकथा आदि।
पता- कानेटकर भवन, गली नं४, जवाहर वार्ड, बीना।

लॉकडाउन-विद्यार्थी

काकचेष्टा वकोध्यानं श्वाननिद्रा तथैवच,

अल्पहारी गृहत्यागी विद्यार्थ्रियान पंचलक्षणम्।।

इन पाँच लक्षणों से युक्त विद्यार्थियों को प्राचीनकाल से ही उत्तम माना जाता रहा है। विद्यार्थियों ने लॉकडाउन में घर रहकर समय का उपयोग किया। बड़े बँगलों, घर, फ्लैट या झोपड़ी के एकांत में बैठकर ज्ञान प्राप्त कर इस समय का फायदा उठाया है।

बहुत से बच्चों को वेदान्तु ऑनलाइन ने अनवरत पढ़ाया और ज्ञान संवर्धन कर, उनका मनोबल बनाये रखा। केन्द्रीय विद्यालय सहित सभी स्कूलों ने छात्रों को ऑनलाइन पढ़ाया और सतत प्रयास किया गया कि बच्चों पर मानसिक दबाव नहीं पड़े। बहुत से विद्यालय में खेलकूद और अन्य सहायक क्रियाकलापों का न होना एक मुश्किल काम रहा फिर भी सब यथासम्भव सहयोग करते रहे।

गरीब, बेसहारा लोगों को कुछ परेशानियाँ हुईं, परन्तु वहाँ भी कुछ समझदार लोगों ने व कुछ सोशल संस्थाओं ने गाँव के कच्चे घरों की दीवार पर ही ब्लैकबोर्ड बना लिया और आसपास के बच्चों को पढाई की नियमित व्यवस्था की थी।

अब तो यही इन्तजार है कि विद्यालय खुलें और बच्चे दोस्तों के साथ खेलें, मस्ती करें, एक बार फिर उनका बचपन खिल उठे।

निशा इन्दौरकर, इन्दौर

पति - रमाकान्त इन्दौरकर, मो० ६६१७६३०११२। शिक्षा- एम.ए. इतिहास, सेवानिवृत्त महालेखाकार, रुचि- बैडमिण्टन, लेखन, कविता, कहानी, लेख, निबंध व मराठी साहित्य सृजन। हँसते-जख्म, श्रद्धांजलि, गुलदस्ता काव्य-संग्रह। प्रयागराज सम्मान, अयोध्या सम्मान, भोपाल से हिन्दी सेवी सम्मान।

कोरोना महामारी

कोरोना महामारी का एक वायरस आया।
सारी दुनिया में उसने तहलका मचाया
भय आतंक दहशत अकाल मृत्यु लाया
हाय कोरोना हाय कोरोना का रोना आया।।

सारी दुनिया का जीवन उथल-पुथल हो गया
बचाव में देश ही नहीं, विश्व खड़ा हो गया
वसुधैव कुटुम्बकम् की सनातन श्रुति याद लायी
आर्यावर्त की सबै भूमि गोपाल की याद आयी।।

देश, दुनिया ने अपनी जीवनशैली की दाद दी
तन मन धन से अपनाने की अपील रास आयी
कोरोना-कोरोना का रोना, नहीं है रोते रहना
अपितु जोर-शोर से सावधान होकर रोको न।।

दबे पाँव आकर इसने आतंक मचाया है
उल्टे पाँव इसे भगाकर हमें दम लेना है

आन बान शान इम्तिहान की पुरजोर घड़ी है
देश की जनता तन मन धन जी-जान से जुड़ी है।।

इस दहशत भरी महामारी को विश्व से मिटाना है
देश के हर कोने से नेस्तनाबूत कर काबू पाना है
धीरज न छोड़ें हार न मानें करें सामना मजबूती से
कल का सवेरा अपना उगेगा आन बान शान से।।

बाल वृद्ध, जवान सबको रखना है सावधानी
आचार विचार और खान पान की निगरानी
बचाव के लिए ये नियम जरूरी है पालना
कहीं जायें तो मास्क लगाकर ही जाना।।

होगा जीवन पुनः समृद्धशाली और गौरवान्वित
यही आशा रखकर जीवन चलाना है अबाधित ।।

निशि श्रीवास्तव

पति- श्री नरेन्द्र प्रताप श्रीवास्तव।
मो० -७२७५५८१८५७ । शिक्षा- एम.ए.,बी.एड., सहायक अध्यापिका। रुचि-लेखन (कहानी, कविता, लघुकथा, गीत, भजन, दोहे) संगीत गायन। सम्मान-मन्थन साहित्यिक संस्था, प्रसंग जबलपुर, जागरण समिति, अखिल भारतीय, अभिव्यक्ति, संस्कृति साहित्य मंच, वात्सल्य, वर्तिका, राष्ट्रीय दैनिक देशभक्ति मंच, आरिणी साहित्य द्वारा सम्मान पत्र प्रदान किये गये।

कोरोना-बुढ़ापा

शान्ति देवी को कोरोना पॉजिटिव आया। उनको अस्पताल में भर्ती कर दिया गया। सुनील अकेले वापस घर आया तो उसके बेटे शानू ने पूछा, "दादी कहाँ हैं?"

सुनील बोला, "दादी की तबीयत ठीक नहीं थी, इसलिए उन्हें अस्पताल में भर्ती करा है।" यह सुनकर शानू गम्भीर हो गया। होता भी क्यों न! जब से लॉकडाउन हुआ, तब से वो दादी के साथ ही हँसता-खेलता, कहानियाँ सुनता और उन्हीं के पास सो जाता।

शान्ति देवी को आज तक कभी सर्दी जुकाम भी नहीं हुआ था। इसीलिए उन्होंने ७५ वर्ष की उम्र में भी अपनी मजबूत इच्छाशक्ति से एक सप्ताह में ही कोरोना से जंग जीत ली। अब वह पूर्ण स्वस्थ थीं, लेकिन उनकी बहू उनको अभी घर नहीं लाना चाहती थी। वह बोली, "क्यों न कुछ दिन के लिए माँ को किसी वृद्धाश्रम में भेज दिया जाये? उनके यहाँ आने से कहीं हम लोग भी कोरोना की चपेट में न आ जायें।" पत्नी की बात सुन उसे लगा जैसे किसी ने कानों में खौलता तेल डाल दिया हो। वह बोला, "ये क्या कह रही हो! अब माँ बिल्कुल ठीक हैं।"

अपर्णा बोली, "अरे, "मैं तो कुछ दिनों के लिए कह रही हूँ। जैसे इतने दिन अस्पताल में रहीं, वैसे ही कुछ दिन वृद्धाश्रम में रह लेंगी। मैंने सुना है कि

कोरोना ठीक होने पर भी मरीज को कुछ दिन क्वारण्टीन रहना चाहिए। तुम्हीं सोचो, हम और तुम तो दूरी रख लेंगे, लेकिन शानू को कैसे रोक पायेंगे?''

सुनील ने विचार किया और अपर्णा की बातों से सहमत होते हुए, बेमन से माँ को वृद्धाश्रम छोड़ आया और एक सप्ताह बाद आकर ले जाने को कहा। एक सप्ताह बीता, दूसरा हफ्ता बीता और फिर महीनों बीत गये। शांति देवी घर जाने के लिए बहुत व्याकुल थीं। इधर शानू भी दादी के बिना बहुत दुखी था। पापा से रोज कहता, दादी को लेने चलो, हालाँकि सुनील भी माँ को जल्द वापस लाना चाहता था, लेकिन अपर्णा उसको मना कर देती। वो कहती, ''तुम तो अपने ऑफिस के काम का बहाना लेकर बैठ जाओगे और मैं दिन भर चक्की की तरह पिसती रहूँगी। माँ घर पर आकर क्या करेंगी? वहाँ हम उम्र के लोगों के साथ मन लगा रहता होगा। मेरी मानो, अब वहीं रहने दो। हर महीने खर्चा-पानी के लिए पैसे भेज दिया करना।''

सुनील को शब्द काँटों की तरह चुभ रहे थे, पर वह चुप था। शानू ने ये सब सुन लिया। वह सामने आकर बोला- ''पापा, क्या बूढ़े होने पर वृद्धाश्रम में रहना जरूरी है? तो क्या आप लोग भी जब बूढ़े हो जाओगे, तो हमको छोड़ कर वृद्धाश्रम चले जाओगे?''

शानू के यक्षप्रश्न का अपर्णा के पास कोई उत्तर नहीं था। उसने कहा, ''गाड़ी निकालो, माँ को लेने जाना है, तीनों शांति देवी को लेने के लिए चल पड़े। सुनील मन ही मन बेटे को धन्यवाद दे रहा था।

पूनम शर्मा

शिक्षा-एम.एस.सी., उपलब्धियाँ- लॉयनेस क्लब इन्दौर वेस्ट की अध्यक्षा, अखिल भारतीय महिला ब्राह्मण समाज राष्ट्रीय कोषाध्यक्ष, रुचि-पेण्टिंग, लेखन, कविता, कहानी, गीत, बागवानी, कुकिंग, विगत १५ वर्षों से समाज सेवा में समर्पित। पता-प्लाट नं० ५४-५५, बिहाइण्ड अरोरा हार्डवेयर ७८- पार्ट-२ मो० ६००६४८८१६३।

लॉकडाउन-अपराध

कोरोना में लॉकडाउन के पहले चरण में अपराध शून्य हो गये और दूसरे चरण में भी अपराधों में लॉकडाउन लगा रहा, हालाँकि कई तरह की मुश्किलें सामने आयीं। लोगों की कमाई बन्द हो गई, नौकरी छूट गई, व्यापार भी बन्द रहे, जिससे असामाजिक घटनाओं में अचानक से उछाल आया।

अपराध पर लॉकडाउन के प्रभाव का विश्लेषण करते समय अपराधों की प्रकृति और उन स्थितियों पर विचार करना महत्वपूर्ण है, जहाँ वे होते हैं। इससे उन कारणों को जानने में अतिरिक्त अन्तर्दृष्टि मिलती है, जैसे लॉकडाउन में अपराधियों को शिकार ढूँढ़ने में कठिनाई या पुलिस अधिकारियों को लॉकडाउन को लागू करने के लिए लगाया जाना, या दोनों। लॉकडाउन के बाद अधिकतर नौकरीपेशा लोग गाँव में परिवार के पास चले गये। चोरों ने सूने पड़े मकानों में निशाना बनाना शुरू किया।

तीसरा चरण पूरी तरह अनलॉक हुआ। चोरी, हत्या, बलात्कार, अपहरण के मामलों में रिकार्डतोड़ वृद्धि हुई। शायद इसकी एक वजह कोविड -१६ महामारी ने दुनिया में एक ठहराव ला दिया है।

कई देशों की अर्थव्यवस्था खतरे में पड़ गई है। मन्दी के दौर से हम भी अछूते नहीं रहे हैं। अभूतपूर्व मानवीय, सामाजिक, आर्थिक नुकसान हुआ है। कोराना को रोकने के लिए दुनिया भर की सरकारों ने सख्त लॉकडाउन लागू करने का फैसला लिया, जिसके कारण लगभग १३० करोड़ लोग अपने घरों में कैद से हो

गये।

लॉकडाउन को लागू करने के लिए सरकारों ने पुलिस संसाधनों को अपराध की रोकथाम से हटा कर, उन्हें घरों में रहने के आदेशों के अनुपालन कराने तथा दण्ड लगाने जैसे काम में लगा दिया। इससे अपराधियों को मौका मिल गया। गरीबी और अपराध का चोली-दामन का साथ है। लॉकडाउन से जो लोग रोजाना कमाकर खाने वाले थे, उनको बेहद परेशानी का सामना करना पड़ा। सरकार से मिलने वाली मदद नाकाफी थी। पेट की आग शान्त करने के लिए आदमी मजबूर हो जाता है। काम-धन्धे सब चौपट होने से घरेलू हिंसा से सम्बन्धित अपराध बढ़े, चूँकि अपराध घर के अन्दर होता है। अपराधियों और पीड़ितों को लम्बे समय तक एक ही स्थान पर साथ रख दिया जाये, तो अपराधों में बढ़ोत्तरी लाजिमी है, परन्तु ऐसे समय में पीड़ित व्यक्ति मजबूर हो कर चुपचाप सहन करने के अलावा कुछ भी नहीं कर पाता है। लॉकडाउन में लूट, चोरी, महिलाओं के खिलाफ मामले, डकैती, हत्या, अपहरण के अलावा सार्वजनिक स्वास्थ्य विभाग से सम्बन्धित लोगों को भी मुश्किलों का सामना करना पड़ा है। कोराना वायरस के चलते, महिलाओं के खिलाफ गम्भीर अपराध में भारी कमी आयी है लेकिन एक सवाल अब भी जेहन में है। क्या अपराध कम हुए हैं या फिर पीड़िताओं व महिला अधिकारों के लिए लड़ने वाले संगठन मामले दर्ज नहीं करवा पाये।

श्रीमती पद्मा तिवारी

शिक्षिका।
पति- श्री ओजेन्द्र तिवारी।
शिक्षा- एम.ए., एल.एल.बी. आयुर्वेद रत्न। रुचि-गायन, लेखन संगीत अध्यात्म। विभिन्न पत्र-पत्रिकाओं एवं साझा संकलन में कविताएँ प्रकाशित। प्रकाशनाधीन-तुम्हें और क्या लिखूँ । १२० सम्मान पत्र एवं उपाधि साहित्य सृजन पर। सम्प्रति-शासकीय सेवा। दमोह, मध्य प्रदेश।
मो० ६१३१४७०४२८, ६६३०८५६०४६ ।

लॉकडाउन में पुलिस

करते थे आरोपित पुलिस को
लॉकडाउन में दिखा दी अपनी शक्ति
कर्तव्यनिष्ठ रहे पथ अपने पर
की सब के प्रति सच्ची भक्ति ।।

हर पल हैं सेवा में तत्पर
बना हुआ है अनुशासन
देना है साथ हमें भी उनका
पूर्ण हो उनका कर्तव्यपालन ।।

रखो सहानुभूति उन पर भी
जो कर रहे रक्षा हमारी
प्रहरी बन खड़े हुए हैं
न हो चौराहों पर भीड़ भारी ।।

और व्यवस्थाएँ भी देख रहे
भेज रहे घरों में खाना
रहे न कोई भी भूखा
समझते वह फर्ज निभाना ।।

करते रहते उद्‌घोष
मत निकलो कोई घर से
आवागमन का रख रहे ध्यान
न जाने दें बाहर सीमा से ।।

नींद चैन का त्याग किये हैं
नहीं दे रहे परिवार पर ध्यान
पूर्ण निष्ठा से वह लगे हुए
निभा रहे अपने कर्तव्य का मान।।

प्रभा तिवारी

इन्दौर।
मो० ६४२४००८८४६
पिता-विनायक राव मण्डलोई, पूर्वजागीरदार, शिक्षा-एम. ए.। रुचि- लेखन, कहानी, लघुकथा गीत गजल, डांस संगीत, समाज सेवा आदि। सम्मान-विश्व हिन्दी लेखिका मंच, नारी गौरव सम्मान, अन्तर्राष्ट्रीय हिन्दी परिषद, संस्कृति साहित्य मंच, मनपसन्द कला साहित्य, अवनी सृजन समूह, शुभ संकल्प से कई सम्मान। थेलेसिमिया - चाइल्ड वेल्फेयर ग्रुप की डायरेक्टर।

लॉकडाउन-मेरा परिवार

अपने माँ-बाप से सुनते आ रहे थे कि प्लेग फ्लू ऐसी महामारी आयी थी, जिसमें लाखों जाने गई थीं। कहते हैं इतिहास अपने आप को दोहराता है। ऐसे ही अब ये कोरोनावायरस आया जिसने न जाने कितनों की जिंदगी ले ली।

हमारे देश में पहला मरीज केरल में मिला, उसकी कोरोनावायरस की पुष्टि हुई, जब तक इसको समझते, इसके बचाव पर तुरन्त अमल करते, तब तक संक्रमण बढ़ चुका था और धीरे-धीरे मार्च तक पूरे देश, दुनिया, हर राज्य, शहर में तेजी से फैल गया।

इस वायरस में मेरे मामा का पूरा परिवार चपेट में आ गया। परिवार में दस सदस्य थे। हँसमुख संयुक्त परिवार पर वज्रपात टूट पड़ा। मेरे मामा-मामी, उनके दोनों बेटे, दोनों बहुएँ, पोते सब संक्रमित हो गये। दसों मेम्बर को कोविड हॉस्पिटल में भर्ती किया गया।

परिवार की लाडली बेटी को जब मालूम पड़ा, वो सुसराल से दौड़ी चली आयी, पर अपने माँ-बाप, भाई-भाभी से मिलने की अनुमति नहीं मिली। रात-दिन पहाड़ जैसे निकल रहे थे। हमारा बड़ा परिवार होते हुए भी सब मजबूर थे।

ये कोरोनावायरस एक दूसरे के सम्पर्क में आने से ही होता है, इसलिए कोविड मरीज से मिलने की इजाजत नहीं होती। इसलिए मामा-मामी, बच्चे, इस बीमारी से अकेले ही जूझ रहे थे।

दसवें दिन खबर मिली मामी नहीं रहीं। दो दिन बाद मामा भी चल बसे। ये खबर हॉस्पिटल में उनके बेटे, बहुओं को नहीं बतायी।

बेटी अपने माँ-बाप का मुँह भी न देख पायी। आठ-दस दिन बाद तो हमारा पूरा परिवार सकते में आ गया। मुझे लिखने में भी हाथ काँप रहे हैं। आठ-दस दिन बाद खबर मिली, मामा का बड़ा बेटा जो सिर्फ ३५ साल का था, उसकी भी साँसों की डोर टूट गई। उफ्फ! मामी-मामा के साथ घर का मुखिया भी वायरस से हार गया।

जिन्दगी जैसे उस परिवार से हारती जा रही थी। छोटा बेटा, दोनों बहुएँ व पोता-पोती भी वायरस से लड़ रहे थे। भगवान का शुक्र है कि वो लोग बीस दिन के कठिन संघर्ष से जूझते हुए ठीक हो गये। जब अच्छे हुए तब उन्हें बताया कि माँ-बाप भाई नहीं बच पाये, तो वो उस हादसे से आज तक नहीं उबर पाए।

इस कोरोनावायरस ने खून के रिश्ते को भी तार-तार कर दिया। न लाडली बेटी अपने माँ-बाप को देख पायी, न भाई को, न छोटा बेटा मिल सका, पास ही हॉस्पिटल में होते भी।

अभी भी कोरोनावायरस अपने पैर पसारे पूरी दुनिया में छाया है। जब तक वैक्सीन नहीं तब तक कोरोनावायरस से ढिलाई नहीं। सतर्क रहिए। मास्क, सोशल डिस्टेंसिंग और सैनेटाइजेशन का पालन करें अपने और अपने हँसते-खेलते परिवार का ध्यान रखें। जीवन बहुत कीमती है, उसे सहेज कर रखें।

प्रेरणा सेन्द्रे

शिक्षा -एम.एस.सी., बी.एड., योग विशारद, लेखन-कविता, कहानी, लघुकथा। शोक-संगीत रुचि। वर्तमान-योग शिक्षिका, सचिव-थैलीसीमिया एण्ड चाइल्ड वेलफेयर ग्रुप, संस्कृति साहित्य मंच, अं. हिन्दी साहित्य परिषद। शब्द शक्ति सम्मान, सिंहस्थ कलश सम्मान, मुंशी प्रेमचन्द सम्मान, महादेवी वर्मा सम्मान, हिन्दी साहित्य सम्मान राइजिंग। इन्दौर
मो० ७८६९०३२१६९।

कोरोना और त्योहार

कैसी है मजबूरी इंसान खुद से गया हार
कोरोना का बढ़ा कहर कैसे बनायें त्योहार।
होली की शुरुआत मन में असमंजस से हुई
रंगों से रहे दूर घर बैठना मजबूरी हुई।
रक्षाबन्धन में बहन के घर भाई न आ सके
वीडियोकाल ने बहन के रिश्ते की लाज रखी।
नवम्बर में दिवाली थोड़ी बाजार में हलचल
पर बड़ा संक्रमण जोर से इंसान ने की पहल।
चायना चीजों का किया सभी ने बहिष्कार
भारतीयों ने सादगी से मनाया त्योहार।
साल भर त्योहारों पर बनी रही अमावस्या
जल्दी छुटकारा देगी कोरोना की समस्या।
कहर बन जो घर के रिश्तों को साथ रख गया
डर के साथ परिवारों को सामंजस्य सिखा गया।
कुछ रिश्ते जोड़ गया कुछ दूर कर गया
आया महामारी बन पर बहुत कुछ सिखा गया।

मेरे परिवार में कोरोना

पूरे परिवार की प्रिय मेरी चाची, कहने को तो दिल की मरीज, पर दिल की धनी। पाँच बेटों की माँ होने पर पाण्डवों की माँ कहलाती थीं। जून महीने में घर में बैठे-बैठे बीमार हुईं, प्राइवेट हॉस्पिटल में भर्ती किया, पर खाँसी आने पर कुछ टेस्ट कराये और कोरोना हॉस्पिटल में डॉक्टर ने भेज दिया।

दूसरे ही दिन सब से दूर हुईं। चार बेटे और एक बेटी, पर आज बहु-बेटी, नाती-पोते कोई साथ नहीं। कोरोना हॉस्पिटल में क्या हालत हुई, पता नहीं चला। हँसती-बोलती चाची को कैसे कोरोना लील गया। ८ बजे फोन से बेटे को बोलीं, "चादर भेज देना, यहाँ के चादर अच्छे नहीं है" और ६ बजे खबर मिली कि चाची नहीं रहीं।

परिवार पर पहाड़ टूटा, पार्थिव देह को घर नहीं आने दिया। अन्तिम संस्कार के समय श्मशान जाकर बेटों ने दूर से ही उन्हे भीगीं पलकों से प्रणाम कर बिदाई दी। कोई पास जाकर मुखाग्नि भी नहीं दे सका। बेटी के ऊपर क्या बीती, जो आखिरी बार भी माँ का मुँह नहीं देख पायी। कोरोनाकाल की लाचारी, बेबसी, अपनों से दूरी और भयावहता को हमेशा याद रखेंगे।

ऐसा समय पहले न कभी देखा था न ही सुना था। केवल अपने बड़े-बुजुर्गों से महामारी की चर्चा सुना करते थे। इसे अपने जीवन में देख लिया और भुगत भी लिया। सच! इस महामारी को हम कभी नहीं भूल पायेंगे।

डॉ० पुष्पा गुप्ता

पति–श्री रघुनाथ प्रसाद, बिहार।
मो० ६२६४१०८२६६
शिक्षा–एम.ए.(हिन्दी), पी.एच.डी. सम्प्रति- अध्यक्ष हिन्दी विभाग। अभिरुचि–अध्ययन, लेखन, संगीत, अध्यात्म, साहित्य और समाज सेवा। प्रकाशन–पाँच पुस्तकें प्रकाशित, सम्मान और प्रशस्ति पत्र सौ। रूस और मॉरीशस की साहित्यिक यात्रा, शिक्षा अभियान पर बनी फिल्म में नायिका की भूमिका।

भारत के सच्चे सपूत

हे भारत के वीर सपूतों तेरे ही कारण
आजाद है वतन...
भारत माँ के रणबाँकुरे शत-शत तुम्हें नमन
देश की सीमा पर
जो करते हैं रखवाली
उनकी माता वीरप्रसूता
सचमुच हिम्मत वाली,
हे भारत के वीर सपूतों, तेरे ही कारण
आजाद है वतन...
भारत माँ के रणबाँकुरों शत-शत तुम्हें नमन
है जाना तो सबको एक दिन
पर इन वीरों की शान निराली
तेरा सजना वीर-पुरुष है
कहती सिन्दूर की लाली,
हे भारत के वीर सपूतों तेरे ही कारण
आजाद है वतन...

भारत माँ के रणबाँकुरों शत-शत तुम्हें नमन
कोरोनाकाल की यश गाथा
सुन कर बच्चे खुश हुए
मातृभूमि की रक्षा के संग
मानवता के देवदूत हुए।
हे भारत के वीर सपूतों तेरे ही कारण
आजाद ये वतन...
भारत माँ के रणबाँकुरे शत-शत तुम्हें नमन
जब भी लेते हैं वीर जवान
ये कसम तिरंगे की,
कभी न आये आँच देश पर
ठानी इस पर मर मिटने की
हे भारत के वीर सपूतों तेरे ही कारण
आजाद ये वतन...
भारत माँ के रणबाँकुरों शत-शत तुम्हें नमन
कोरोनाकाल में तुमने
मानव सेवा का इतिहास रचा
नगर, गाँव की सीमा पर
जागकर कोरोना को मात दिया
हे भारत के वीर सपूतों तेरे ही कारण
आजाद ये वतन...
भारत माँ के रणबाँकुरों शत-शत तुम्हें नमन
शत-शत तुम्हें नमन

मीरा बांदिल

पति-श्री राजेन्द्र कुमार बांदिल।
शिक्षा- बी. ए.।
रुचि- लेखन, सृजन, गायन-वादन, संगीत, नृत्य, भजन, सत्संग, समाज-सेवा आदि। सम्प्रति- महासचिव- संकल्प शक्ति महिला मण्डल, व वैश्य समाज सहित अन्य सामाजिक संस्थाओं में सक्रिय योगदान। इन्दौर। मो० ८६८६४६०५२०।

लॉकडाउन-सावधानी

विश्वव्यापी कोरोना जैसी महामारी ने,
हम सब को आज बहुत रुलाया है।।
आज इंसाँ ने इंसाँ से बना ली है दूरी
जीवन बचाने की आज है मजबूरी।।
मौत सुरसा की तरह मुँह बाए खड़ी
ये अनगिनत मौतें दुख दे रहीं बड़ी।।
सभी समय के रहते अभी सँभल जाओ,
और सोशल डिस्टेंसिंग को अपनाओ।।
लॉकडाउन से मानव जीवन बदला है,
रोजगार सब बन्द, नौकरी खतरे में है।
पेट भरने को कुछ न कुछ करना जरूरी
कोविड-१९ ने छीनी सबकी रोजी-रोटी।।
समझदारी से ही ये जीवन बच पायेगा
पालन करो नियम सारे, जो सबको जरूरी।।
भविष्य जाने क्या होगा, सोच के डरती हूँ,
कोरोना से मुक्त करो प्रभु, ये विनती करती हूँ...।।

मीरा भार्गव सुदर्शना, कटनी

मो० ७६६६४३५०८४, पिता- स्व. प्रेमकिशोर भार्गव। शिक्षा- एम.ए. व समाजशास्त्र, हिन्दी साहित्य विशारद, विद्यावाचस्पति।कविता कहानी, लेख, रुचि-समाजसेवा, संस्थापक अध्यक्ष सुदर्शना लेडीज क्लब, मध्यप्रदेश लेखिका संघ, पन्द्रह साझा संकलन प्रकाशित, राज्य महिला आयोग व मुख्यमंत्री द्वारा महिला सशक्तीकरण सम्मान। हिन्दी सेवी सम्मान

लॉकडाउन में काम

भीतर बाहर पसर गया
ये कैसा सन्नाटा।
चारों तरफ अँधेरा ही
अँधेरा नजर आता।।
कोरोना के कारण अब
घर के बाहर नहीं जाना
अन्दर किसी को नहीं आना।
मुश्किल होगा अब तो
पहाड़-सा दिन बिताना।।

सोच रहे थे सब घर वाले
कैसे अब दिन निकालें ?
मुझे आ गयी जोरों की हँसी
सबने हैरानी से मुझे देखा
मैंने कहा आप सबको
समय काटने की फिक्र है

चौका बर्तन झाडू पोंछा
कपड़े धोना, प्रेस करना
नाश्ता और खाना बनाना
किचेन साफ करना।
बच्चे अब स्कूल नहीं जायेंगे
उनको हम घर में ही पढ़ायेंगे
काम वाली बाइयाँ और
माली दादा भी नहीं आयेंगे।
बगीचे में पानी देने भी
हम में से कोई एक जायेंगे।

इतने सारे काम, अपनी
पसन्द से चुन लो अब आप
सब मिल कर चिल्लाये
इतने सारे काम करेंगे तो
हम आराम कब करेंगे ।।
मैंने कहा अब बताओ
पहाड़ से दिन कैसे कटेंगे।
मिल-जुलकर सब काम करते
आपस में हँसी-मजाक करते
पहाड़ से दिन कैसे बीत जाते
ये बात हम समझ ही न पाते।।

मीना गोदरे अवनि

इन्दौर।
मो० ६४७६३८६४४६,
शिक्षा- एम.ए.,एन.सी.सी. डिप्लोमा इन संस्कृत, फैशन डिजाइनिंग, हैण्डीक्राफ्ट, वर्तमान संस्थापक अध्यक्ष, अवनि सृजन समूह, हिन्दी सृजन समूह, सह सचिव, इन्दौर लेखिका संघ, प्रान्तीय सह सचिव, अखिल भारतीय दिगम्बर जैन महिला परिषद, पूर्व अध्यक्ष-इनरव्हील क्लब इण्टरनेशनल, सद्भावना महिला मण्डल, आ.भा. दि.जैन परिषद। सात पुस्तकों सहित, २० साझा संग्रह प्रकाशित। पत्र-पत्रिका में रचनाओं का प्रकाशन।नव -लोकांचल गीत (देश की ३६ बोलियों का संग्रह।

लॉकडाउन- आध्यात्मिक दृष्टि

जब मुझसे प्रश्न किया कि कोरोनाकाल में आपका आध्यात्मिक चिन्तन क्या कहता है, अपने अनुभव अनुसार यह उत्तर दिया।

आत्मा की पवित्रता और देह से परे पंचतत्वों के चिन्तन पर ध्यान देना होगा, जो वायरस अटैक कर रहा है, प्रकृति के कालचक्र के प्रभाव से कर रहा है। जो नियमानुसार होना था हुआ, जो कर्म के प्रतिकूल प्रभाव पर अधिक असरकारी होगा ही।

ध्यान कुछ समय आत्मा पर केन्द्रित करें। जड़ पदार्थों में भी महावीर एकेन्द्रीय जीव को स्थापित मानते हैं। जब पंच इन्द्रिय जीवों के प्रति भी दया भाव नहीं होगा, तो जड़ पदार्थों के विषय में तो सोचा नहीं जा सकता, किन्तु चिन्तन करना होगा कि आखिर कारण क्या है? वायरस कहीं से भी आया हो, सब निमित्त हैं, किन्तु जब पूरी पृथ्वी पर हाहाकार मचे, तो यह प्राकृतिक विपदा है। जहाँ अति होगी वहाँ इति होगी। अपना आत्मविश्वास बनाये रखें, ध्यान की स्थिति में विचार करें, अपनी त्रुटियों का आकलन करें।

प्रकृति अपने नियमानुसार कार्य कर रही है, जिसे विज्ञान कण्ट्रोल तो कर सकता है, पर निरस्त नहीं। नियत समय पर मौत अवश्यम्भावी है, फिर उसका डर कैसा ? इन हादसों की उपेक्षा करना, नियमों को न मानना, अपनी मनमानी करना, प्रकृति का मजाक बनाने की तरह है। अतः सावधान और सतर्क रहें। यदि आवश्यकताओं की पूर्ति के लिए धन है, तो सन्तुष्ट रहें। जो हो रहा है, वह होकर रहेगा, ऐसा मेरा सोचना है।

अगर हम ऐसे ही जिन्दगी जियें तो बुराई क्या है? ऑफिस के काम घर में हो सकते हैं, तो बाहर जाने की आवश्यकता क्या है ? पृथ्वी के प्रदूषण के कारण भी यही हैं। प्रकृति ने अपना न्याय स्वयं किया है, सबको घरों में बन्द करके, आज वह स्वच्छन्द हुई है, उसकी रूपरेखा ही बदल गई है। उसके प्रति भी संवेदनशील होना हर इंसान का कर्तव्य है। परिस्थितियाँ तो बदलेंगी जरूर, किन्तु अब भारत का नया स्वरूप होगा। इस अन्तराल में लोगों ने बहुत कुछ सीखा, वह भूलना नहीं चाहिए। यथार्थ ज्ञान कभी बुरा नहीं होता, जानकारी पाकर अच्छी सफलता, सन्तोष और सुकून पा सकते हैं। इसके लिए किताबें सबसे अच्छी सहारा हैं।

जहाँ कुछ कर नहीं सकते, वहाँ टेंशन लेने का क्या औचित्य। सुख तलाशना अपने हाथ में है, हर परिस्थिति में धैर्य और सुकून से रहा जा सकता है, यह हमें सोचना है। मुझे स्थितियाँ समझ आते ही, मैंने अपना ध्यान साहित्य की ओर कर लिया, समूह बनाकर बहुत से लोगों को जोड़ा और सबको सकारात्मक सोच के साथ अपनी ऊर्जा और धैर्य बनाये रखने की प्रेरणा देती रही। एक महत्वपूर्ण पुस्तक लिखी, लगभग ५० बोलियों की रचनाओं को समाहित किया है, जिसका उद्देश्य लुप्त होती हुई बोलियों का संरक्षण करना है।

मंजू शर्मा

शिक्षा- बी.ए.।
लेखन- कविता, गीत, भजन, लघुकथा।
रुचि-पठन-पाठन, भजन गायन, सत्संग व समाज सेवा।
सदस्य- संस्कृति सहित्य मंच, शुभ संकल्प, सहसचिव- अ. हिन्दी परिषद। पता- ६२०-साँई कृपा कालोनी, इन्दौर।
मो०-९९०७९५२७५८

लॉकडाउन-बचपन

कोरोना देश में चक्रवर्ती तूफान की तरह आया और धीरे-धीरे सुनामी लहरों में बदलकर विश्व में फैल गया। लॉकडाउन का असर गरीब एवं मध्यम वर्ग पर अधिक पड़ा। किसी की नौकरी चली गई, किसी की तो दो वक्त की रोटी छिन गई।

लॉकडाउन में मेरे घर के सामने रहने वाली दो बच्चियों का प्यार देखा। पहले तो मिनी को कभी चन्दा जैसे झोपड़ी के बच्चों की तरफ देखने की फुरसत ही नहीं मिलती थी। वह अपनी दुनिया में मस्त रहती थी। लेकिन लॉकडाउन के कारण बचपन घर की चहारदीवारी में बन्द हो गया, तो वह बाहर निकलने को छटपटाने लगा और इसी बीच मिनी की झोपड़ी वाली चन्दा से कब दोस्ती हो गई, कुछ पता ही नहीं चला।

एक झोपड़ी वाली, दूसरी बँगले वाली। दोनों मौत के तूफान से अनजान थीं। उनका अबोध बचपन नहीं जानता था कि वातावरण में मौत का सन्नाटा क्यों है। मिनी अपनी माँ से झुपकर बँगले से बाहर आ जाती और साथ में लाये बिस्किट, ब्रेड, चॉकलेट, चन्दा को खिलाती। दोनों पेड़ के नीचे बैठकर बातें करतीं, साथ में खेलतीं और माँ खोजते हुए आती, डाँटती और हाथ पकड़कर ले जाती।

यह उनका रोज का नियम था। मिनी का भी और मम्मी का भी।

मंजू राजपूत

अमर सिंह राजपूत। दमोह।
शिक्षा- बी.एस.सी., एम.ए. अर्थशास्त्र।
लेखन- कविता, कहानी, लघुकथा, गीत, गजल आदि।
रुचि-सोशल वर्किंग, बागवानी फार्मिंग।
प्रकाशनाधीन-काव्य संग्रह। सम्प्रति-अध्यक्ष-करणी सेना दमोह, वीर क्षत्राणी संघ दमोह, नवशक्ति गरबा उत्सव समिति दमोह। सम्पर्क-९९२६३१३६९०

लॉकडाउन और अपराध

देखते ही देखते सन २०२० का पूरा साल गुजर गया पर कोरोना जैसी वैश्विक महामारी जाने का नाम नहीं ले रही है। पर ये इंसानी फितरत, उसकी सकारात्मक सोच और जीवन जीने की जिजीविषा जो उसे हर परिस्थिति में रहने को विवश करता है।

इस कोरोना ने पूरी दुनिया में हाहाकार मचा रखा है। सरकार भी इससे निपटने के लिए अपनी ओर से हर सम्भव प्रयास करती आ रही है। लॉकडाउन की वजह से लोगों ने अपने घरों मे रहना सीख लिया है और भी बदलाव आगे समझ में आयेंगे।

लॉकडाउन के दौरान अपराध को लेकर मैंने महसूस किया कि किसी भी देश और समाज के उन्मुक्त विकास के लिए अपराध पर अंकुश लगाना विकास की पहली श्रेणी है।

जहाँ एक तरफ 'स्टेहोम' का लोगों ने बखूबी पालन किया, तो कोरोनकाल के दौरान होने वाले अपराधों में भी कुछ हद तक कमी आयी है, ऐसा विशेषज्ञों का कहना है।

जैसे कि रेप... चोरी.... डकैती..मर्डर... ऐसी घटनाएँ, जो आये दिन अखबारों की सुर्खियाँ बनी रहती थीं... इस दौरान कम सुनने को मिलीं। शराब की दुकाने बन्द होने की वजह से लोगों को शराब नहीं मिली, जिससे कुछ हद तक उनके पैसे भी बचे। लोगों को अपने घरों में परिवार के साथ अच्छे से रहने की

आदत पड़ी। जगह-जगह पुलिस की मुस्तैदी के कारण अपराधियों को अपने घरों में रहने को मजबूर होना पड़ा, जिस वजह से भी बड़े अपराधों में भी कमी आयी।

इसका दूसरा पहलू यदि हम देखें तो जो हमें दिखायी नहीं देता, वो है वर्चुअल क्राइम, इसमें और अधिकता आयी है। साइबर क्राइम का नेटवर्क, जो कि पूरी दुनिया में मकड़जाल की तरह छाया है। ऑनलाइन शॉपिंग का लोगों ने इस दौरान और ज्यादा इस्तेमाल किया, जिसके चलते नकली चीजों की बाजार में अधिकता आयी है। जहाँ लोगों को आर्थिक तंगी का सामना करना पडा है, वहीं मौकापरस्त लोगों ने इसका फायदा उठाया है। सोशल नेटवर्किंग के बारे में लोगों को जानकारी की कमी होना भी एक कारण है, जिसके चलते वो बैंक, क्रेडिट कार्ड जैसे लेन-देन में भी धोखा खा रहे हैं। ऑनलाइन ठगी बहुत हो रही है।

बहरहाल अपराध पर अंकुश लगाना सिर्फ सरकार और कानून की ही जवाबदेही नहीं; जिस समाज में हम रहते हैं, अपराध जैसी विकृतियाँ भी वहीं से पनपती हैं। वैसे ये साल हमेशा याद किया जायेगा। अब तो वैक्सीन भी आ गयी है। सरकार द्वारा आम जन तक पहुँचायी जा रही है। आने वाले समय में और कितनी चुनौतियों का सामना करना पड़ेगा, ये तो आने वाला समय ही बतायेगा परन्तु हमें हर परिस्थिति का सामना करने के लिए तैयार रहना चाहिए।

मनोरमा जोशी

म्यूजिक में पी.जी.। विधा-कविता, कहानी, लेख, लघुकथा, कई पत्र-पत्रिकाओं में प्रकाशित। मालवा थियेटर मंच पर नाटक मंचन व समाज सेविका। उपलब्धियाँ- भोपाल से राष्ट्रीय कीर्ति सम्मान, हिन्दी साहित्य सभा से शिरोमणि सम्मान, चहुँमुखी प्रतिभा सम्मान, सुशीला देवी सम्मान आदि। इन्दौर। मो० ८९८९७४१६४५

कोरोना और आयुर्वेद उपचार

कोरोना महामारी एक ऐसी बीमारी थी जिसका कहीं, किसी देश के पास कोई उपचार नहीं था। ऐसे में इससे बचाव के लिए सभी लोग अन्दाज से ही अपना अपना इलाज कर रहे थे। कुछ समय बाद जाकर इसके विषय में कुछ जानकारी हासिल हो पायी थी।

इसके बचाव का एक सबसे बड़ा कारण यह भी था कि हमारे माननीय प्रधानमंत्री नरेन्द्र मोदी जी ने समय की भयावहता का पूर्वानुमान लगाकर लॉकडाउन कर दिया था, जिससे कोरोना को कवर करने में बहुत सहायता मिली थी।

भारत में प्राकृतिक चिकित्सा यानी कि आयुर्वेद पद्धति अति प्राचीन है। इसका प्रमाण बहुत पुराना है। हमारे वेद पुराणों में भी इसका उल्लेख मिलता है। आरोग्य शास्त्र के रूप में एक पूरा ग्रंथ विद्यमान है। इसलिए जब वैज्ञानिक तरीके से कोई बचाव न दिखा तो सभी ने आयुर्वेद की शरण ली।

प्राचीन आयुर्वेद पद्धति के द्वारा कोरोना से बचाव के लिए बहुत से कारगर उपाय थे, जो सफल रहे थे। अस्पताल में भर्ती मरीजों को भी अन्य दवाओं के साथ यही दवाएँ दी जा रही थीं, जिसका असर देखने को भी मिल रहा था।

इसके अलावा जो लोग घरों में थे, उन्हें रोगप्रतिरोधक क्षमता बढ़ाने के लिए कुछ उपाय अपनाने की सलाह दी गयी और भारत के लोगों ने इन्हीं उपायों को अपना कर कोरोना को मात दी। इस बीमारी से अपने व अपने परिवार को बचा

कर रखा।

बचाव के आयुर्वेद के उपचार जो भारतीयों ने अपनाये-

१. विटामिन सी के लिए, आधे नीम्बू के साथ गर्म पानी थोड़ी-थोड़ी देर के बाद पीना चाहिए।

२. अदरक, गुड़ और घी की गोलियाँ दिन में तीन बार खाना।

३. गर्म दूध में, हल्दी कोरोनारक्षक का कार्य करती है।

४. गर्म पानी की भाप दिन में कम से कम चार बार लें।

५. विटामिन बी की गोली दो बार लें, सप्ताह में तीन दिन।

६. सुबह ६ बजे की गुनगुनी धूप ३० मिनट अवश्य लें।

७. दालचीनी, लौंग, अदरक, हल्दी, अजवायन, तुलसी, पुदीना और थोड़ा-सा गुड़ उबालकर, नीम्बू डालकर गुनगुना दो बार पियें।

८. प्रतिदिन डेढ़ लीटर गुनगुना पानी पियें और गर्म भोजन करें।

६. दाल का पानी एक बड़ी कटोरी भर कर नाश्ते के साथ पियें।

१०. गर्म नीम्बू पानी, चाय जितना गर्म (दिन में ३ से ४ बार।

११. खजूर, बादाम, अखरोट, सेब, पपीता, सन्तरा, अनार खायें।

कोरोना वायरस से संक्रमित का पता कैसे करें-

१. गले में खुजली होना

२. बार-बार गला सूखना।

३. सूखी खाँसी आना।

४. तेज बुखार होना।

५. साँस लेने में तकलीफ।

६. गन्ध, स्वाद, श्रवणशक्ति की हानि।

इनमें से कोई भी लक्षण दिखने पर तुरन्त जाँच करायें।

माया कौल

एम.ए.,एल.एल.बी.।
अध्यक्ष-तक्षशिला महिला ग्रामोत्थान समिति व भूतपूर्व सैनिक परिषद, मातृशक्ति मालवा प्रान्त, जनरल सेकेट्री। भूतपूर्व सैनिक परिषद(मातृशक्ति) दिल्ली
काउंसलसर-वन स्टॉप सेंटर महिला बाल विकास, मास्टर ट्रेनर, सेफ सिटी इन्दौर, रुचि-कविता, कहानी, लघुकथा, लेख, व्यंग्य। मो० ९८९३६२०६८२- इन्दौर

काश! हम निगेटिव होते

इन दिनों बहार का मौसम है। नहीं समझे? अरे कोरोना की बहार। यूँ तो बहार का मौसम आता-जाता है, पर ये जबरदस्त बहार है कि लोग झाडू ले इसके पीछे पड़े हैं, पर मजाल है, जो टस से मस हो जाये। ये अपने नये रूपों में उद्‌भासित हो रहा। वही हाल है, छिपते-छिपाते नहीं, साफ नजर आते नहीं। पहले तो सिम्टम्स पता थे, सूखी खाँसी, बुखार, थकान। अब चोला बदल। हो गया ए सिस्मेटिक। लो हो गयी मुश्किल। कर लो पता, किसको है, किसको नहीं है।

मेरे पड़ोस में हरेराम पटेल रहते हैं। उनका लड़का पंचायत ऑफिस में कार्यरत है। गाँव से माता-पिता आते रहते हैं। पहले तो दादा खाँसते, तो बेटा, नाती-पोते दौड़ के पानी ले आते थे। गला खराब हुआ तो गरारे कर लिये। अब दादा बेचारे बहुत परेशान हैं। खाँसी आते ही सीधे बाथरूम जाते हैं और पहनी हुई धोती मुँह मे ठूँस के खाँस-खखार लेते हैं। बच्चों की गिद्ध दृष्टि लगी ही रहती है कि दादा खाँसें और चट एम्बुलेंस बुलायी जाय।

दादाजी के एक दोस्त थे सहज, भोरे में उन्होंने कह दिया, बेटा हाँथ पांव दुख रहे, थोड़ी हरारत भी है। बेटा ने पट से गाडी बुलवाई और लो, देखरेख, तीसरा, तिमाही, श्राद्ध, तर्पण, बहन, बेटी, नन्दोई, जमाई, फूफा, सबकी आवभगत और रोने धोने से निजात पा ली, मतलब गुजरे तो पिता और स्वर्गीय आनन्द पुत्र-पुत्रवधू को मिला।

बस उसी को याद कर आजकल पटेल दादा बहुत सावधान रहते हैं। टी.

वी. पर बुजुर्गों की सद्‌गति दुर्गति देखकर भय से सिर के बाल तक खड़े हो जाते हैं। पहले तो बच्चों को कोस भी लेते थे कि बेटा ध्यान नहीं देता। अब सावधान रहते हैं कि बेटा को पता न चले कि हरारत है। बाहर जाओ तो मुँह में गाय ढोर सा टोपा चढ़ाओ, किसी से बात न करो और ज्यादा है, तो एम्बुलेंस खड़ी कर देंगे।

बाजी तब पलटी जब हरेराम दादा का लड़का पंचायत ऑफिस से तेज बुखार ले आया। दादा चुपचाप खटिया पे बैठे सबकी बातें सुन रहे थे। ३ दिन तो चुपचाप दवाई गोली, कभी केमिस्ट से, कभी डॉक्टर से पूछ के खायी। जब साँस लेते ही नहीं बनी तो मजबूरन वही एम्बुलेंस आयी जिसकी दादा के लिए कल्पना की थी।

आज सुबह देखा तो दादा झक सफेद धोती पहिने टीका लगाये बरामदे में खटिया पे बैठे, हमें देखते ही लपक के आये। हम दस कदम पीछे हो लिये, सोचा क्या भरोसा? हाथ कन्धे पे रख दिया तो? कोरोना वाला घर है। अब घरों की यही पहचान हो गई थी।

फोन पे गॉसिप का रूप बदल गया। "कितने बुजुर्ग हैं तुम्हारे यहाँ?" दूसरी, "है तो एक पर सुनते कहाँ हैं? गये थे परसों मन्दिर। देख लेना, जरा भी छींके नहीं कि झट अस्पताल भेज दूँगी।" पर यहाँ बात और थी। दादा तो खुशी से छलके पड़ रहे थे, हाथ हिलाकर बोले, बिटिया, तुम्हें पता है, हम निगेटिव आये गये हैं।

और वोकृ बिटवा गयो है एम्बुलेंस में...

माया मालवेन्द्र बदेका

पिता-डॉ० श्री लक्ष्मीनारायण जी पाण्डेय,
शिक्षा-एम.ए.अर्थशास्त्र। शौक-संस्कृति, संगीत, लेखन, पठन। प्रकाशन-पत्र-पत्रिका में हिन्दी, मालवी। प्रकाशन-मौन शब्द भी मुखर वेकदी (मालवी) ई बुक-माया लघुकथा, संजा बई का गीत। सम्मान-झलक निगम संस्कृति सम्मान, श्रीकृष्ण सरल सम्मान, संस्कृत महाविद्यालय थाईलैंड द्वारा सम्मान, शब्द प्रवाह सहित अनेक सम्मान। मो० ८३४६८८३००२

कोरोना- सावधानी

कहते हैं, रोगप्रतिरोधक क्षमता बढ़ेगी तो कोरोना प्रभावी नहीं होगा, लेकिन मानसिकता का क्या किया जाए। अमर होकर कोई नहीं आया, लेकिन मृत्यु का भय ऐसा कि यदि कोई कोरोना से गया है, तो उसे हाथ लगाना तो दूर, देख भी नहीं सकते।

'अतिथि देवो भव' के देश में ऐसी स्थिति आयी कि लोग किसी का आना पसंद नहीं करते। मृत्यु के समय आदमी अकेला रह गया, ऐसी स्थिति भी आ चुकी। सारे संस्कार जो अपनों के बीच होते थे, अब वह नहीं हुए। समझ आया कि आडम्बर प्रदर्शन से कुछ हासिल नहीं हो सकता। शरीर और मन स्वस्थ है तो दुनिया के सभी सुख सच्चे, वरना यह गाड़ी-बँगला, धन-दौलत किसी काम की नहीं।

अपने को विश्व महानायक कहने वाले देश सबसे ज्यादा त्रस्त हुए। चिकित्सा जगत भी हाथ टेककर रह गया। भारत में ऐलोपैथिक दवा के अलावा आयुर्वेद और होम्योपैथी की भी मान्यता है। इस महामारी से लड़ने में हमारे पुरखों की ज्ञान पूँजी बहुत काम आयी।

पहला उपाय- पानी में अजवाइन डालकर उसे गर्म करके उसकी भाप ली जाती है, जो अन्दर जमा सर्दी बलगम के साथ उन संक्रमणकारी कीटाणुओं का भी नाश करते हैं, जो किसी अन्य बीमारी के द्वारा शरीर को संक्रमित करते हैं।

दूसरा उपाय- तुलसी का काढ़ा अलग-अलग वस्तुओं के प्रयोग से बनाया जाता है। इसमें अदरक, काली मिर्च, दालचीनी इत्यादि उबाल कर छानकर पीने से संक्रमण से हुई व्याधि ठीक होती है।

तीसरा उपाय- काली मिर्च और दालचीनी पाउडर शहद में मिलाकर खाने से भी कफजनित संक्रमण रोग दूर होते हैं। यह उपाय भी कोरोना महामारी के समय कारगर सिद्ध हुआ। बहुत लोगों ने महामारी नहीं होते हुए भी इन सबका प्रयोग किया।

चौथा उपाय- हमेशा भीड़ से बचें। आवश्यकता नहीं है तो घर से बाहर न निकलें ताकि जिनको अपनी नौकरी अथवा अति आवश्यक कार्य से बाहर जाना होता है, वह भी अनावश्यक भीड़ से बच सकें। यह भी हमारा एक सहयोग है।

पाँचवाँ उपाय- सबसे जरूरी है कि अब कोरोना रहे न रहे, पर हमेशा भीड़ भरे स्थान पर जायें, तो मास्क अवश्य पहनें। मास्क पहनने का मुख्य कारण है, हम आसपास के सर्दी-खाँसी से ग्रसित लोगों के संक्रमित कीटाणु और धूल-धुआँ से बच सकते हैं।

आओ कोरोना दूर भगायें, आशा और विश्वास जगायें।
भारतवासी हैं हिम्मतवाले, कठिन पथ हो, न डगमगायें।
महामारी ने डाला है डेरा, जोर लगाकर इसे भगायें।
एक-दूजे का देना है साथ, बहस में समय न लगायें।
आयेगा फिर से वह क्षण, खुशी के दीप जगमगायें।

यशोधरा भटनागर, देवास

मो० ९४२५३०६५५४। शिक्षा-एम.ए.,बी.एड., प्रकाशन- लघुकथा, एल्बम चलचित्र अतीत के, तरंगिणी। सम्मान-हिन्दी विकास मंच नयी दिल्ली, शिक्षक सम्मान, विश्व हिन्दी लेखिका मंच, महादेवी वर्मा मेमोरियल, उज्जैन से शिक्षक सम्मान। कायस्थ विकास परिषद, नारी शक्ति सम्मान व शिक्षक सम्मान। विश्व हिन्दी लेखिका मंच अमृता प्रीतम सम्मान २०२०। मधुबन प्रकाशन नयी दिल्ली शिक्षक सम्मान २०२०। सम्प्रति- शिक्षिका। विभाग प्रमुख, हिन्दी विभाग

कोरोनाकाल में जीवन

जिन्दगी का रुख
क्यों बदला-बदला-सा है।
तेवर भी कुछ तीखे-तीखे हैं !
कैसा सन्नाटा है!
अन्तर को चीरती चुप्पी
काल के कोड़ों की मार
सड़ाक! सड़ाक! सड़ाक!
फिर क्रन्दन, दुख... पीड़ा...
अश्रु में डूबा सब कुछ...
घनी पीर में खोया सब कुछ...
दूरी अपनों से
दूरी! दूरी! दूरी!
शब्द ध्वनित हो प्रतिध्वनित हुआ
और नाखूनों की खरोंच से

उधड़ गया, उखड़ गया सब कुछ!
नाते-रिश्ते केवल नाम रह गये!
बेटे के काँधे को खोजता
पिता का शव
केवल बॉडी बन कर ही
अन्तिम प्रयाण कर गया!
यह कैसा समय चक्र है ?
क्या हो जायेगा, सब कालकवलित?
हृदय डूबा-सा जाता था।
अश्रु अविरल बहते जाते थे।
सहसा ही खग कलरव गूँजा
औचक ही वहाँ को देखा-
क्षितिज रवि उदित हुआ
और तमस दूर हुआ।
सामने पर्णहीन पीपल पर
नवकोपलें फूट रही थीं
फुनगियों की आस में
पंछी नव किरणों के गीत गा रहे थे।
मन में जीवन की आस लिये
दीपक आशा का बाले
विश्वास से उसे सँभाले
बढ़ चलो! मुस्कुराते बढ़ चलो!
एक नयी आस, एक नया विश्वास । लिए बढ़ चलो! बढ़ चलो !!

यशोदा गुप्ता

पति- श्री रामकिंकर गुप्ता
रिटा कलेक्टर, इन्दौर
मो० ६४२५०६०१४० ।
रुचि- लेखन, पठन-पाठन, समाजसेवा, अध्यात्म, सत्संग आदि।
उपाध्यक्ष- संकल्प शक्ति ग्रुप, व वैश्य समाज कल्याण इकाई सहित कई सामाजिक संस्थाओं की सदस्य।

लॉकडाउन-मध्यमवर्ग

जब भारत सरकार ने लॉकडाउन का फैसला लिया, आरम्भ के दिन तो दहशत में निकल गये, पर लॉकडाउन का समय बढ़ने से मध्यमवर्गीय परिवार को काफी तकलीफों का सामना करना पड़ रहा था। जो जमा पूँजी थी, वह बच्चों की फीस, राशन, मकान का किराया और माता-पिता सहित स्वंय की दवाइयों में चली गयी।

जिस परिवार में एक ही व्यक्ति कमाने वाला था और लॉकडाउन में उनकी नौकरी चली गयी, तो उन घरों में खाने के लाले पड़ गये। सरकार गरीबों और मजदूरों के लिए तो तीन-तीन महीने का राशन भेज रही थी; दवा, दूध फ्री बाँट रही थी, पर इन मध्यमवर्गीय लोगों का खयाल किसी को नहीं था। वह न तो लाइन में लग कर खाना ले सकते थे, न ही यह कह सकते थे कि आज हमारे बच्चे भूखे हैं। यह वही वर्ग है, जो संस्कार और संस्कृति को सहेजे हुए है। हमारे रीति-रिवाज और परम्पराएँ निभा रहा है, भारतीय संस्कृति की धरोहर को सँभाल रहा है। उसका दर्द कथन की सीमा से परे था।

लॉकडाउन के बाद मध्यमवर्गीय परिवार कर्ज में डूबा है। कोई किस्त भर नहीं पा रहे, किराया नहीं दे पा रहे। जो मकान के किराये पर निर्भर थे उनके मकान खाली पड़े हैं। किसी के छोटे-मोटे धन्धे नहीं चल पा रहे हैं और बच्चे नौकरी के लिए भटक रहे हैं।

योगिता चौरसिया

मण्डल, म.प्र.। व्यवसाय-ग्रेंनर्मचेंट
मो० ८४३५१५७८४८।
समाजसेवी संस्थाओं में कार्यरत। कविता, लेख पत्र-पत्रिकाओं में, साझा संकलन, ई बुक-प्रकाशित, सम्मान- विश्व हिन्दी रचनाकार महाकवि नीरज सम्मान। चौरसिया समाज द्वारा सम्मान २०२०। लेखन- कविता कहानी, लघुकथा।

लॉकडाउन-सतर्क भारत

सतर्क भारत ही, समृद्ध भारत कहलायेगा।
सँभल सँभलकर चलेंगे, स्वर्णिम भारत बनेगा।।

स्वर्णिम भारत का फिर, स्वर्णिम इतिहास रचेगा।
सोने की चिड़िया-सा, भारत फिर बन पायेगा।।

महामारी की बीमारी, आपदा बनकर आयी है।
जड़ से मिटायेंगे, सतर्कता को हथियार बनाये हैं।।

मुँह, नाक को ढककर, हम सदा चलते ही रहेंगे।
दूर-दूर रहकर, सोशल डिस्टेंसिंग हम बनायेंगे।।

बार -बार हाथ धोते रहेंगे, हाथ नहीं हम मिलायेंगे।
अपनी संस्कृति सभ्यता, अपनाकर प्रणाम करेंगे।।

ज्यादा ज़रूरत होने पर ही, हम घर से बाहर जायेंगे।
सारे त्योहारों को हम सभी, घर में ही रहकर मनायेंगे।।

महामारी से लड़कर, हम जीतकर भी अब दिखायेंगे।
कोरोना से मुक्त ऐसा, प्यारा हिन्दुस्तान हम बनायेंगे।।

संस्कार, संस्कृति के रक्षक, हम सभी बनकर दिखायेंगे।
देश का पूरी दुनिया पर हम, ऐसा परचम लहरायेंगे।।

हाहाकार मची देश में, हवा रुख बदलकर दिखायेंगे ।
एकता की मिशाल बनकर, पूरी दुनिया पर छा जायेंगे ।।

रामायण, गीता का ज्ञान हैं, वेदशास्त्र और महापुराण।
त्याग, धर्म, संस्कृति, सभ्यता हैं, हमारे गुणों की खान।।

सभी धर्मों की अनेकता में, एकता भारत की पहचान।
पूरे विश्व में है बज रहा डंका, मेरा देश भारत है महान।।

राधा टण्डन

पति- स्वर्गीय रामनाथ टण्डन।
शिक्षा-एम.ए., बी.एड.,
रुचि- लेखन, कुकिंग, बागवानी, उपलब्धियाँ- बी.ए., श्रेष्ठ छात्रा अवार्ड, एम.ए., नेशनल स्कॉलरशिप होल्डर, केन्द्रीय विद्यालयों में शिक्षण के अन्तर्गत अनेक प्रशस्ति प्त्र एवं पुरस्कार, विद्यालयीन पत्रिकाओं में प्रतिवर्ष लेखन एवं सम्पादन। वर्ष २०२० में वो एक स्कॉलर काव्य-संग्रह प्रकाशित। ग्वालियर।
मो० ९९२०१०५७८७

लॉकडाउन के बाद

सम्पूर्ण विश्व ने समय-समय पर झेली है मर्मांतक पीड़ा,
कभी युद्ध विभीषिका कभी प्राकृतिक आपदाओं का डेरा।

लॉकडाउन ने पूर्ण विश्व में आतंक का विस्तार किया
जन-जीवन चहुँ ओर से अस्त-व्यस्त और त्रस्त किया।

दौर कितना भी कठिन हो, लॉकडाउन ने दी सीख अनेक।
प्रकृति-शोषण हुआ निरन्तर, कुछ सीखना होगा देर-सवेर।

उन्मुक्त पंछी को पिंजराबद्ध करने की पीड़ा का,
लॉकडाउन ने आभास दिलाया मानव को,

लॉकडाउन की विषम स्थिति में, ला खड़ा किया विश्व को।
सुधार लाना आवश्यक है, कटु पाठ पढ़ाया मानव को।

लॉकडाउन के बाद स्थिति नव परिवर्तन लायेगी,
सुन्दर, प्यारी, मातृतुल्य वसुधा पूर्ववत कर जायेगी।

वृक्षों का न होगा उन्मूलन, हरित होंगे वन प्रदेश
पक्षियों का मधुर कलरव, पशुओं का चिर इच्छित उद्धार।

जल, वायु, भूमि की कालिमा तिरोहित हो होगा महत् प्रयास
प्रदूषणरहित होगा परिवेश, निरभ्र नभ-सा निखर उठेगा।

सोना-सा तपा कर, दे रहा कठिन पीड़ा लॉकडाउन
नियमों की सीमा में बँधकर, अनुशासित होगा हर इंसान।

याद रखेगा सीख प्रकृति की, उद्दण्डता का होगा परित्याग
पर्यावरण संरक्षण कर मानव करेगा कर्तव्य का निर्वाह।

लॉकडाउन ने मतभेदों को तोड़ा, मानव को मानव से जोड़ा
उदारता, करुणा, सहयोग विस्तार, जान चुका सारा संसार।

स्कूल, ऑफिस, बाजारों में, आयेगी खुशियों की नयी बहार
पुनः पुनः मनायेंगे हम सब, मिलकर आनन्दमय तीज त्योहार।

ईश्वर की श्रेष्ठ कृति मानव विश्व में उक्ति को चरितार्थ करेगा
सीख लेकर लॉकडाउन से नव-जीवन का संचार करेगा।।

रतन रैना

पिता- श्री शम्भू नाथ कौल
मो० ९८६८८४०३२७।
शिक्षा-संस्कृत, हिन्दी, एम.ए., एम.एड.
रिटायर्ड प्राचार्य। समाचार पत्रों में प्रकाशन, आकाशवाणी से स्वरचित नाटकों का मंचन शौक- पढना, लिखना, मंचसंचालन, बागवानी। श्री नेमीचन्द जैन, अशोक वाजपेईजी, डा शिवमंगलसिंह सुमन, बरसानेलाल, बशीर बद्रजी, चित्रा मुद्गल, सरोजनी, प्रीतमजी के समक्ष मंचसंचालन व काव्यपाठ।

लॉकडाउन-साहित्यकार

ब्रह्मा से लिखा मनुज, कुछ नहीं लाया है
अपना सुख अपने, भुजबल से पाया है।।

अनेक आक्रमण हुए, प्राकृतिक आपदाएँ आयीं, हमें लगा कि मानव सभ्यता नष्ट हो जायेगी, पर मानव फिर से उठ खड़ा हुआ।

साहित्य उसको सबके लिए प्रेरणा देता है। कोरोनावायरस का जब आक्रमण सम्पूर्ण विश्व में हुआ, तो कुछ समय तक हर कोई हतप्रभ था, किंकर्तव्यविमूढ़ था। कुछ समझ नहीं पा रहे थे कि क्या करें? पर धीरे-धीरे लोगों का सन्तुलन वापस आया और जिसकी जिसमें भी रुचि थी, वह उसमें सुकून के पल ढूँढ़ने लगा। इसमें साहित्यकारों ने महत्वपूर्ण योगदान दिया। उन्होंने लोगों के समक्ष जीवन के नये आयाम दिखाये।

अकेलेपन से उबारा, घोर निराशा के उन क्षणों में वह जीवन की मशाल लेकर आये, ध्यान केन्द्रित किया, अपने अन्तर्मन में झाँकने को प्रेरित किया। अपनी आदतों को देखा, उनके अनुरूप उन्होंने सृजन शुरू किया, अच्छी साहित्य की रचना की, अच्छे चित्र बनाये।

कहीं पाक कला का प्रदर्शन हुआ और इस तरह व्यक्ति आगे बढ़ते चले गये। नहीं तो सब डरे हुए थे, मुँह ढके लोगों से एक दूसरे से बात करने में कतराते

थे। धीरे-धीरे वातावरण में परिवर्तन आया। कलाकारों ने साहित्यकारों ने लोगों को रचनाधर्मिता की ओर अग्रसर किया।

ऑनलाइन का एक नया जमाना आया। कवि सम्मेलन आयोजित हुए, नाटक खेले, ऑनलाइन में तरह-तरह के प्रयोग किये गये। अच्छे सुन्दर प्रयोगों के लिए कोरोना युग हमेशा याद रहेगा।

हर सिक्के के दो पहलू होते हैं। संसार ने इस रोग के समय देखा। जब राजा दशरथ ने गलती से श्रवण कुमार पर तीर चलाया और उसकी मृत्यु हो गयी, तब उसके माता-पिता ने राजा दशरथ को शाप दिया कि जैसे हम अपने बेटे के वियोग में तड़प रहे हैं, वैसे ही तुम भी अपने बेटे के वियोग में तड़पोगे। राजा दशरथ सोचते हैं, यह तो मेरे लिए वरदान है क्योंकि मेरी तो कोई संतान ही नहीं है। वाल्मीकि ने रामायण में इसके लिए एक उपमा दी है कि जैसे खेत जल जाते हैं, तो जलने के बाद भूमि उपजाऊ हो जाती है, उसके बाद उपज बहुत अच्छी होती है।वही स्थिति कोरोनावायरस की रही है। सम्पूर्ण विश्व को एक नयी दिशा मिली है, नया जीवन जीने का अन्दाज मिला है। एक नये समाज का निर्माण हुआ है। एक दूसरे के प्रति जो अविश्वास की भावना थी, वह धीरे-धीरे कम हुई, लोगों ने आशा की राह पर चलना शुरू किया। ईश्वर से प्रार्थना है कि इस आशा का दामन कभी न छोड़ें। साहित्यकार नया सृजन करें, हम रुकेंगे नहीं, हम आगे बढ़ेंगे और एक से एक अच्छा करके दिखायेंगे। आने वाला समय खुशहाली भरा होगा।

रागिनी मित्तल

पति-श्री मुकुल मित्तल।
शिक्षा-स्नातक हिन्दी साहित्य। रुचि-कविता, कहानी, लेख, लघुकथा आदि का लेखन व वाचन। भजन लेखन व गायन। सामाजिक गतिविधियों में सक्रिय भागीदारी।
निवास-कटनी, म.प्र.।
मो० ८६८६७२८७७०

कोरोना पीड़िता की प्रार्थना

माखन खाना छोड़ो कान्हा, मुरली न बजाओ।
कोरोना ने कोहराम मचाया, सुदर्शन चक्र चलाओ।।

मथुरा, वृन्दावन, गोकुल में खूब कर लिया वास।
द्वारिका में जा-जा कर तुमने हरे हैं सारे त्रास।
धरती विकल भयी पीड़ा से अवतारी अब आओ।
कोरोना ने................।

मास्क न पहनें, हाथ न धोते, बात न मानें लोग।
हाथ मिलाकर खुद स्वागत कर, घर में लाते रोग।।
अमृत में हाथ भिगो दो इनके, गंगा नीचे ले आओ
कोरोना ने..................।

घर मे रहने को बोला, ये उठ-उठ कर बाहर भागे।
पहले कहते थे, सो नहीं पाते, अब रात-दिन जागे।
बेचैन हुआ है ये मानव, तुम इनको अब समझाओ।
कोरोना ने.................।

चपेट में आया बच्चा, माँ दहल-दहल है जाती।
दूर-दूर से देखे उसको, पर वो मिल नहीं पाती।
चमत्कार कर ठीक करो अब, दोनों को मिलवाओ।
कोरोना.......................

हरी-भरी खुशहाल थी दुनिया, अब आँसू की बरसातें।
कल शायद कुछ सुधरेगा ये सोच के काटे हैं रातें।
माना गेहूँ दोषी है पर, अब घुन तो न तुम पिसवाओ
कोरोना........................

डॉक्टर नर्स पुलिस कर्मचारी अब आज यही भगवान
एक-एक की जान बचाते हथेली में रख अपने प्राण।
इनका भी परिवार है गिरधर, इन पर तरस तो खाओ।
कोरोना....................

सिसक रही भारत माता आँसू से आँचल हुआ गीला
अब भी नहीं क्या कान्हा तेरा दिल भक्तों को पसीजा
सौगन्ध तुझे माँ यशोदा की, अब आकर धैर्य धराओ।
कोरोना.......................

ऐसा एक बार नहीं, कई-कई बार हुआ है मोहन
जब-जब किसी राक्षस ने पृथ्वी का किया है दोहन
हर बार तुम्हीं अवतार लिये, फिर अवतारी बन जाओ।
कोरोना.......................

राजीव यदु, गुरुप्रदत्त

नाम-स्वामी प्रेम अरुणोदय।
शिक्षा- बी.एस.सी.। विगत ४० वर्षों से हिन्दी पत्र पत्रिकाओं में प्रकाशन। कवि गोष्ठी सम्मेलनों में हिस्सेदारी। सम्मान-अन्तर्राष्ट्रीय निबन्ध प्रतियोगिता में प्रथम पुरस्कार, बॉम्बे। यति यतनलाल अलंकरण,छ.ग.। सम्प्रति- कृषि के साथ स्वतंत्र लेखन, २० वर्षों से गौरक्षा में संलग्न व गौशाला का संचालन। पता- रंगकठेरा डोंगरगाँव, छत्तीसगढ़। मो० ८२२५०८६६१६।

लॉकडाउन-कवि और पुलिस

मन का यों छटपटाना सहा नहीं गया,
आखिरकार मुझसे रहा नहीं गया।
घर का दरवाजा खोल चौक तक निकल गया।
निपट सुनसान था, बन्द दुकान, बन्द मकान था।
तभी पुलिसवाले की कड़कदार आवाज आयी-
कर्फ्यू दिखता नहीं क्या, कहाँ जा रहे हो भाई ?
मैंने कहा-बेचैनी है, छटपटाहट है।
अत्यावश्यक चीजें लेने, दुकान खुली देख रहा था।
उसने कहा-यहाँ कुछ भी खुला नहीं सब बन्द है।
नींद में हो क्या? जागो!
कोरोना तुम्हारे पीछे है, जल्दी अपने घर भागो।
मैंने कहा-अरे, मेरी बात तो समझिए।
उसने कहा-ठीक है, कहिए!
मैंने कहा-आप वह दुकान खुलवा सकते हैं ?
उसने कहा-तुम्हें क्या चाहिए, दूध, सब्जी, दवाई ?
मैंने कहा-नहीं, भाई! मुझे चाहिए कागज, कलम, स्याही।

भावनाओं को शब्दों की गवाही चाहिए।
दो डायरियाँ भर गयीं, चार रिफिल रीत गये।
मेरा स्टॉक खत्म है, लॉकडाउन के १४ दिन बीत गये।
लिखे बिना रह नहीं सकता !
कागज, स्याही बिना मन की पीड़ा, कह नहीं सकता।
पुलिस वाला हँसकर बोला-कागज, कलम, स्याही ?
मतलब, तालियाँ और वाहवाही,
यह आवश्यक चीजों में नहीं है।
ऐ बेढब लिक्खड़! झक्की हो क्या?
क्या मजबूरी है? क्या लिखना इतना जरूरी है ?
मैंने कहा- हाँ! मुझे तो ऐसा ही लगता है।
उसने कहा- क्या बकता है ? देखो उन लाखों लोगों को
जो लिखे बिना, आराम से रह रहे हैं।
चुपचाप हैं, कुछ नहीं कह रहे हैं।
मैंने कहा- देखिए! आप समझ नहीं रहे हैं,
मैं एक कवि हूँ, लिखकर जनजागृति लाना हमारा काम है।
उसने कहा- मैं खूब समझता हूँ। तू भी एक वायरस है।
स्याही पीके, कागज में छिपके, कवि सम्मेलनों में फैलायेगा
उल्टा सीधा गायेगा, जनता से ताली बजवायेगा
व्यवस्था को गाली देगा, रात भर हमारी ड्यूटी लगवायेगा।
सीधे लाइन पर आ, वापस अपने घर जा।
यह गौण है कि पुलिस वाला कौन था?
सच यह है कि व्यवस्था के आगे साहित्य मौन था।

लता शाह

पति- श्री अशोक शाह।
शिक्षा- बी.ए.।
रुचि- पठन-पाठन, लेखन, भजन, नृत्य, गायन-वादन, सत्संग, समाजसेवा आदि। सह सचिव- संकल्पशक्ति महिला मण्डल। पता-२६, एम-आर-५ महालक्ष्मी नगर, इन्दौर। मो० ६०६८२५७४२०।

लॉकडाउन- डॉक्टर्स

डॉक्टर को भगवान का दूसरा रूप माना जाता है, पर जब से कोरोना का कहर फैला, तब यह बात सत्य होकर सामने आयी।

इस महामारी के दौरान सभी लॉकडाउन की वजह से घरों में थे, पर डाक्टर्स उस समय भी अपनी जिम्मेदारी निभा रहे थे। मेरी दादी जी जो ८० साल की थीं, उनकी सेहत ठीक नहीं थी। चेक कराने पर कोरोना पॉजिटिव मिला। उन्हें अस्पताल में भर्ती किया, पर इस दौरान घरवालों को मिलने की स्वीकृति नहीं थी। दादी जी भर्ती होने को राजी नहीं थीं, परन्तु घरवालों के समझाने पर वह अस्पताल चली गयीं।

एक तो कोरोना का भय और दूसरे घर वालों से दूर, वह खाना-पीना छोड़ गुमसुम हो गयीं। तब घरवालों ने डॉक्टर से बात की और वह रोज वहाँ आते, काँच में से दादी को अपना चेहरा दिखाते। अब दादी को लगा कि परिवार मेरे पास है और वह डॉक्टर के समझाने पर खाना खा लेती थीं। इस तरह डॉक्टर्स के सहयोग से २० दिनों में स्वस्थ्य होकर आ गयीं। आज हम सब उन डॉक्टर एवं नर्सों का धन्यवाद करते नहीं थकते। यही बातें डॉक्टर के प्रति हमारे विश्वास को मजबूत करती हैं। इस दौरान डॉक्टरों ने जनसेवा में अपना योगदान दिया है, उसके लिए वे काबिल-ए-तारीफ हैं।

लीना पेंढारकर

पिता-चिन्तामणि भास्कर,
शिक्षा- एम.ए., सम्प्रति-शिक्षिका बैंगलोर, कवयित्री, गीतकार, गायिका, हिन्दी, उर्दू और मराठी में लेखन। प्रकाशित-काव्य संग्रह, कल्पतरु, अनुराग, तृतीय कथा संग्रह मराठी कमलीना कथा सासू सुनेची, सोलापूर, साझा संग्रह, आशा की आशाएँ। कमलीना फाउण्डेशन की संस्थापिक अध्यक्ष।

लॉकडाउन-योगा

लॉकडाउन में हर ओर एक ही बात पर जोर था कि रोगप्रतिरोधक क्षमता बढ़ाना है। इस समय सभी ने सन्तुलित आहार के साथ योगा को अपनाया और अपने को स्वस्थ रखा। इसके अन्तर्गत सर्वप्रथम प्राणायाम करके, मन को कुछ समय शान्त रखकर ध्यान योग करेंगे, तो इससे आपकी प्राणशक्ति को बल मिलता है।

प्राणायाम का मतलब है कि प्राणों का व्यायाम और योगा यानी कि शरीर का व्यायाम। कपालभाँति, अनुलोम-विलोम, नाद, वॉर्मअप, सूर्य नमस्कार, सुखासन, वज्रासन, सर्वांगासन आदि। कोई गम्भीर बीमारी है, तो डॉक्टर की सलाह से योगा करना चाहिए।

सुबह तीस मिनट का योगा आपको दिनभर ऊर्जावान बनाये रखेगा। योग करने से शरीर स्वस्थ, मन शान्त व खुश रहता, तनाव दूर करता, रोग प्रतिरोधक क्षमता बढ़ाता, पाचनतंत्र ठीक रखता है। मांसपेशियाँ लचीली होने पर आपका शरीर स्फूर्तिवान रहता है।

नियम-योगासन के पहले शरीर को वॉर्मअप करें, मन को शान्त व खुश रखें। भोजन के तुरन्त बाद योगा न करें। बीमारी में योगा न करें। योगासन के बीच या तुरन्त बाद ठण्डा पानी न पियें। नशा का सेवन न करें।

डॉ० लीला दीवान, जोधपुर

पिता -गोवर्धन सिंह, शिक्षा-डॉक्टर आफ एक्यूप्रेशर थेरेपी। लेखन-कविता, कहानी, लघुकथा, लघु उपन्यास। नाटक मंचन- "एक मामूली आदमी"। प्रकाशित-बसन्त लीला, रूठ कर बैठी हूँ, कंण ने कांकण राजस्थानी में। सम्मान- माया को चिनो नेपाल, राष्ट्रीय भाषा गौरव सम्मान दौसा, महाराजा कृष्ण जैन स्मृति सम्मान शिलांग, कुबेर सम्मान आबू, शान्ति गया सम्मान भोपाल, साहित्य श्री सम्मान नासिक।
मो० ९४६०६६३२८०।

लॉकडाउन-संस्मरण

लॉकडाउन में बस न्यूज देखना और अपने परिवार के सदस्यों को देखना ऐसा लगता था, न जाने किसे आखिरी बार देख रहे हैं।

सबके सिर पर मौत का साया मँडरा रहा था। पूरे विश्व के हालात खराब, एक जैसा माहौल, लाखों लोग मर चुके थे। उस वक्त डॉक्टर और पुलिसवालों ने बहुत अच्छी भूमिका निभायी। अपनी जान की परवाह किये बिना, सेवा के लिए सामने आये, कईयों ने अपनी जान की कुर्बानी भी दी। जिन्होंने अपने प्यारे साथी को खो दिया। सबके हाथ अपने आप ऊपर उठ जाते, ऊपरवाले की लिस्ट में पता नहीं किसका नाम होगा, कोई नहीं जानता था।

मैं बात कर रही हूँ १८ मई २०२० की। हमारी कालोनी में ११२ बँगले हैं, जहाँ हर समय रौनक रहा करती थी, आज परिन्दा भी पंख नहीं फड़फड़ा रहा था। चारों तरफ सन्नाटा। अचानक हलचल हुई, दो एम्बुलेंस आयीं, पुलिस की गाड़ियाँ पी.पी.ई. किट पहने डॉक्टर की गाड़ियाँ, कोई अपने घर से बाहर नहीं निकला, बालकनी से झांका, और फोन पर ही पूछ रहे थे। एम्बुलेंस किसके घर आयी हैं?

पता चला पारीख साहब के घर पर पूरा परिवार, पाँच कोरोना पॉजिटिव निकले हैं। २० मिनट उन्हें दिये गये, अपने कपड़े रख लो, सब को एम्बुलेंस में बिठा कर ले गये। कहाँ, किसी को पता नहीं।

७० साल के पारीख साहब, मिसेज़ ६५ साल की, बेटा, बहू, छोटी बच्ची है। वहाँ उन्हें कैसा रखा गया, हमें नहीं पता है क्योंकि हम अभी तक उनसे मिले नहीं हैं।

उनके जाने के आधा घण्टे बाद तो नक्शा ही बदल गया। बड़े-बड़े फायर ब्रिगेड सैनेटाइजर भर के सब घरों को सैनीटाइज कर रहे थे। अल्कोहल की स्मेल आ रही थी। शाम होते, मन्दिर प्रांगण में डॉक्टरों की टीम पी.पी.ई. किट पहने हुए आ गयी। गार्डन में सब को बुलाया गया। ६० सीनियर सिटीजन थे, सब का टेस्ट हुआ। जब रिपोर्ट आयी तो भगवान की दया से एक भी पॉजिटिव नहीं। दूसरे दिन हमने देखा सारे कीमती पौधे जल गये थे।

चौदह दिन बाद भण्डारी साहब ठीक होकर घर आये। सभी ने अपने घरों से उन पर फूल फेंक कर व ताली बजाकर स्वागत किया, पर यह क्या ? दूसरे दिन भण्डारी साहब के यहाँ पर एम्बुलेंस खड़ी थी। उनका ४२ साल का बेटा नहीं रहा। भण्डारी साहब और माँ बिलख रही थी, बड़ी हृदयविदारक स्थिति थी। कोई चुप कराने वाला नहीं, सब अपने-अपने घरों से झाँक रहे थे।

कोरोना पॉजिटिव की बॉडी घर नहीं भेजते है, डायरेक्ट पुलिसवाले श्मशान घाट पहुँचा के दाह संस्कार कर देते थे। चार घरवालों को परमिशन मिली। वह बीस फीट दूर खड़े होकर अपने लाडले को जलते हुए देख रहे थे। बड़ा हृदयविदारक दृश्य होगा।

वन्दना अर्गल

पति-संजय अर्गल। मो० ६८२७४३१४८१।
शिक्षा-एम.एस.सी.(जूलाजी),बी.एड.।
सम्प्रति-शिक्षिका। शिक्षा, लेखन, समाजसेवा के लिए शुभ संकल्प समूह, अन्तर्राष्ट्रीय हिन्दी परिषद, संस्कृति साहित्य मंच, अवनि सृजन समूह द्वारा सम्मान। विश्व हिन्दी लेखिका मंच से नारी गौरव सम्मान व ऑनलाइन सम्मान।

कोरोना

दूर देश से आया कोरोना
कुछ हतोत्साहित, कुछ उदास।
लॉकडाउन ने सब पर-
कुछ यूँ विश्राम लगाया
कुछ खुश हैं, कुछ दुखी।
सबने अपना-अपना एहसास जताया।
क्यों न हम कुछ सकारात्मक
करें आओ मिल-जुलकर
एक दूसरे के मन की बात सुनें।
कर न पाये जिन शौकों को,
अब पूरा कर, उनका मनन करें
कुछ रंगो से, कुछ छन्दो से
सार्थक कुछ काम करें
आओ रिश्तों की मिठास लुटायें
पारिवारिक माहौल को फिर से
जीवन्त बनायें
स्मृतियों के पन्नों को निहार कर

खुशनुमा पलों की यादों में खो जायें
जीवन की आपाधापी से दूर
मिले हैं कुछ फुर्सत के पल
स्नेह, प्यार और सद्भावना के
रोशन दीप जलाकर
आओ बना लें जीवन
अपना सहज सफल।
कोरोनाकाल ने एक अच्छा
पाठ पढ़ाया, संघर्ष ही जीवन है
हर हाल में जीना सीखो
वॉरियर्स की समर्पित भावना ने,
एक नया आयाम दिखाया।
इंसानियत क्या होती है?
ईश्वर का रूप क्या होता है ?
धरती के भगवानों ने
कुछ ऐसा अद्भुत रूप दिखाया।
आओ दूर भगायें ये
कोरोना की महामारी
मिलजुलकर
हम करें प्रार्थना,
सुखी हो जाये दुनिया सारी।

वन्दना शास्त्री, इन्दौर

मो० ९४२५०५३७३८।
शिक्षा- एम. ए. इतिहास, योगा डिप्लोमा, डी. ए. वी.
वि.लेखन- कविता, कहानी, लेख, लघुकथा।
रुचि-योगा, मेडीटेशन, संगीत, लेखन, पठन-पाठन,
पता- डी. एच.-५३
स्कीम नम्बर ७४

कैद में पंछी

अचानक सब कुछ सामान्य था,
जीवन बस चल रहा था।
अचानक एक वायरस आया, कोरोना वो कहलाया
चारों तरफ हाहाकार मचाया,
मौत का ताण्डव उसने रचाया।
यह करो, यह न करो में, इंसान को उलझाया
मानव पंछी होकर हुआ कैद, अपने ही पिंजरे के अन्दर
जब झाँक कर देखा उसने अपने ही मन के अन्दर
दूर हुआ अभिमान, चूर हुआ घमण्ड
मैं मालिक नहीं मेहमान हूँ इस धरा का
उसके अन्दर यह एहसास जागा
मुझको जरूरत है इस धरा की, धरा को नहीं मेरी।
कुछ दिन तो यूँ ही गुजर गये बन्द दरवाजों में
परिवार संग मौज मस्ती में बच्चों संग ठिठोली में।
कभी रामायण कभी महाभारत, बेचैन मन को मिली राहत
दीपक जलाकर किया रोशन, हर घर को

किया शंखनाद से नमन, उन वीर योद्धाओं को,
कुछ दिन यूँ ही गुजर गये, बन्द दरवाजों के अन्दर
जो कैद था पंछी, फड़फड़ाने लगा।
कैद से दम घुटने लगा, हो गया व्याकुल जब।
दाना-पानी की चिन्ता में, मन घबराने लगा।।
निकल पड़ा कारवाँ लेकर, अपने घरौंदा की ओर
अपनों की जान मुश्किल में डाल, मत पूछो उसके हाल।
कभी पटरियों पर बिछ गया, कभी हुआ बेहाल।
दो गज की दूरी, मुँह पर नकाब, यह फरमान सुनाया
इस कैद से वह पंछी, अब धीरे-धीरे बाहर आया
बन्द दरवाजे के बाहर की दुनिया
अब उसके लिए बहुत अलग थी।
दो गज की दूरी, से भरी मन की मजबूरी थी।
जिन होठों पर, कभी हँसी, कभी मुस्कान
कभी आशीर्वाद, तो कभी दुआ हुआ करती थी।
थाम लेते थे हाथ, इक दूजे का अब दूरियाँ जरूरी थीं।
फासले जरूर हुए, पर दिल से दिल के नहीं।
ढक दिया जिसे इक छोटे से परदे ने
अब बारी इन आँखों की थी।
बहुत कुछ सीखना होगा, इन आखों को अब
वो जज्बात, प्यार, मुस्कान, आशीर्वाद और वो दुआ।
सब कुछ अब इन आँखों के जिम्मे होगा।
बन्द दरवाजों के पार अब ये जीवन कैसा होगा।।

वनिता एकबोटे

इन्दौर। मो० ८९८९०६८४३०,
शिक्षा-एम.ए. हिन्दी, अंग्रेजी साहित्य, रुचियाँ -पठन पाठन, काव्य सृजन, संगीत, नृत्य, चित्रकला आदि। लेखन- कविता, कहानी, लेख आदि। पत्र, पत्रिकाओं में रचना प्रकाशन। सदस्य- संस्कृति साहित्य मंच, आरिणी साहित्य समूह। केन्द्रीय विद्यालय से सेवानिवृत्त शिक्षिका।

लॉकडाउन में आह्वान

धुँधलाने लगी हैं, इन दिनों,
हथेली की लकीरें मेरी,
धो धोकर हाथ, हो सकता है,
हो जायें, अदृश्य कुछ दिनों में
कसर न छोड़ें अकर्मण्य साबित करने में मुझे
पर परवाह नहीं, थम जाने दो तूफान
यह भयंकर सुनामी-सा।
फिर नये सिरे से बना लूँगी
नयी रेखाएँ हथेली पर
अपने सामर्थ्य से, अपने बूते पर मैं
सिध्द कर दूँगी फिर वर्चस्व अपना
औलाद हूँ आदम की
कोई ऐसा वैसा वायरस नहीं
जो उठाकर बवण्डर, मचाकर हाहाकार
कुछ दिन में हो जाये नष्ट,
मिट जाये नामोनिशान जिसका
हमेशा-हमेशा के लिए!!!
लॉकडाउन-सर्वशक्तिमान

बन्द दरवाजों के पीछे
एकदम अकेले रहना
कैसा लग रहा है तुम्हें ?
ओ सर्वशक्तिमान कहलाने वाले तुम?
आदत कहाँ थी तुम्हें ऐसी ?
लम्बी-लम्बी कतारें,
उत्सुक परेशान भावुक चेहरे
प्यासे दर्शन को तुम्हारे
घण्टों खड़े रहने वाले, नहीं है कहीं
बन्द तो वे भी हैं, अपने-अपने में
पर अकेले नहीं!
अपनों के साथ अपने घरों में ।
अब जी घबराता नहीं तुम्हारा ?
या हो रहा है अपने जड़ होने का एहसास!
इतने चुप इतने शांत, अचरज !
कैसे देख पा रहे हो यह सब?
बस एक प्रश्न!
आफत यह, इंसानी या आसमानी?
गर आसमानी तो परीक्षा हमारी
कैसे निपटेंगे!
और इंसानी तब कसौटी तुम्हारी
कैसे अन्त करोगे?

विजया रिंगे

केन्द्रीय विद्यालय से सेवानिवृत्त। सेवाकाल में कुछ सम्मान व प्रशस्ति पत्र। संस्कृति साहित्य मंच व कमलीना फाउण्डेशन की सदस्या, लेखन- लघुकथा, कहानी, कविता, लेख, समीक्षा। रुचि- पठन-पाठन, संगीत, बागवानी। पत्र-पत्रिकाओं में रचना प्रकाशित। निवास, बैंगलोर। मो० ०९९२०५७९९९० ।

लॉकडाउन-बच्चों पर प्रभाव

लॉकडाउन से बच्चों का जीवन निश्चित ही प्रभावित हुआ है। आरम्भ में शालाएँ बन्द हुईं, तब बच्चे बहुत ही खुश हुए, क्योंकि उन्हें लॉकडान का कारण ही नहीं समझा था। पहले तो कुछ बच्चे लॉकडाउन को त्योहार ही समझ रहे थे और छुट्टियाँ मिलने की खुशी मना रहे थे। घर में माँ, पिता, परिवार के अन्य सदस्यों के साथ रहने का आनन्द ले रहे थे। खाने को रोज नयी-नयी चीजें मिल रही थीं। टी.वी. देखने मिलता, होमवर्क नहीं करना पड़ता, स्कूल के लिये तैयार नहीं होना पडता, इस बात की खुशियाँ मनाते। पारिवारिक जीवन का बच्चों ने भरपूर आनन्द लिया। परिवार के लोगों ने भी उन्हें घर के काम सिखाये, पारम्परिक संस्कारों से अवगत कराया। परिवार का सुख जो उन्हें कभी नहीं मिला, वह मिला।

किन्तु धीरे-धीरे समय बीतता गया, घर में रह कर अब उनका मन भर चुका था। मोबाइल पर बातें कर के भी वे ऊब चुके थे। धीरे-धीरे उनमें उदासी आना शुरू हो गयी। क्या अब हम घर में ही रह जायेंगे, ऐसा बच्चे सोचने लगे। उन्हें दोस्तों के साथ खेलने की, बातें करने की, खुलकर मजाक करने की कमी महसूस होने लगी है।

घर के मैदान में भी दोस्तों के साथ खेल नहीं सकते, क्योंकि अभी भी माता-पिता बाहर भेजने से घबराते हैं। बार-बार हाथ धोने से, मास्क लगाने से, किसी के पास न जाने देने से बच्चों में चिड़चिड़ापन आ गया है, छोटी-छोटी बातों से नाराज हो जाते हैं। कुछ बच्चों को तो हैंडवॉश से एलर्जी भी हो रही है।

उनका क्षेत्र एकदम सीमित हो गया है। रविवार को बाहर घूमने जाना, पार्क जाना, सैर सपाटा भी बन्द हो गया जिससे बच्चों को जीवन नीरस लगने लगा।

लॉकडाउन के नियमों से तो शिक्षक ही अच्छे लगने लगे। अब वो शिक्षकों को याद करने लगे। शिक्षक द्वारा वो जो सीखते हैं, उसका महत्व उनको समझ में आ रहा है।

बालक के सर्वांगीण विकास के लिए सामूहिक रूप से होने वाले कार्यक्रम अत्यन्त जरूरी हैं। सामाजिक दृष्टि से, शारीरिक दृष्टि से, मानसिक विकास की दृष्टि से बच्चों के लिए यह सारी बातें बहुत ही आवश्यक हैं। किन्तु लॉकडाउन के कारण यह कार्यक्रम नहीं हो पाते, इसलिए बच्चों का विकास रुक रहा है, पर वर्तमान स्थिति में लॉकडाउन अपनी जगह महत्वपूर्ण है।

स्कूल के सांस्कृतिक कार्यक्रम, प्रतियोगिता खेलकूद सभी सामूहिक रूप से होने वाले कार्यक्रम की कमी बच्चे और बच्चों के साथ अभिभावक भी महसूस कर रहे हैं। बच्चों को तो स्कूल खुलने का, मित्रों से मिलने का, शिक्षक से बहुत कुछ पूछने का इन्तजार है। अब वह घर के अन्दर कैद होकर बिलकुल नहीं रहना चाहते। माता-पिता को इन बच्चों को सँभालना एक बहुत बड़ी चुनौती रही है। इस उन्मुक्त उड़ान के बचपन को पिंजरे में बन्द रखना बहुत कठिन हो रहा है। बच्चे बहुत हठी, तो कुछ गुमसुम से होते जा रहे हैं।

डॉ० शशिकला अवस्थी

इन्दौर। मो० ८८७८६६५४४४।

शिक्षा- एम.ए.,पी.एच.डी., गद्य, पद्य, कविता, कहानी, लघु कथा, लेख, भजन, संस्मरण। प्रकाशन, देवनागरी लिपि का वैज्ञानिक विश्लेषण, अखण्ड ज्योति, तराने भजनावली, ७ साझा संकलन, १६ ई- बुक, सम्पादन- हस्त लिखित मासिक पत्रिका। सम्मान- साहित्य रत्न सम्मान, हिन्दी सेवी सम्मान, मालव रत्न अवार्ड, प्रयाग सम्मेलन से नागरी सम्मान।

लॉकडाउन-अनुभव

द्वारकापुरी इन्दौर क्षेत्र में लॉकडाउन में मन्दिर क्षेत्र के आसपास के जरूरतमंदों को भोजन के पैकेट वितरण का कार्य मैंने अपने जिम्मे लिया। वहाँ रोज एक ७० वर्षीय वृद्ध भी पैकेट लेते, उसे झोले में रखते और चले जाते। एक दिन घर जाते समय मैंने देखा आधा किलोमीटर दूरी पर वह जाते दिखे। दूसरे दिन मैंने उनसे बड़ी विनम्रता से पूछा, "आप अपना पता दे दें, तो हम आपको घर पर ही पैकेट दे दिया करेंगे, आपको काफी दूर चल कर आना पड़ता है।"

उन्होंने पैकेट लिया, झोले में रखा और बड़े दयनीय भाव से बोले, "मैं आपको पता नहीं दे सकता, ऐसा कहते हुए उनकी आँखें छलछला आयीं।"

मैंने भी बड़ी विनम्रता से कहा, "हम आपका दिल नहीं दुखाना चाहते थे, बस मदद के लिए कह रहे थे। वह बोले, "मैं बहुत बड़े सम्भ्रान्त परिवार से हूँ, दोनों बेटे, बहु बॉम्बे व पुणे में हैं। मैं यहाँ अकेला रहता हूँ। पहले नौकरानी घर पर आकर सब काम कर जाती थी, अब वह नहीं आ रही है और मुझे खाना बनाना नहीं आता, इसलिए आपकी सुविधा का लाभ लेने के लिए मैं स्वयं यहाँ तक आ जाता हूँ। यहाँ मुझे कोई नहीं पहचानता। यदि आप घर पर देने आओगे तो कॉलोनी वालों को पता चल जायेगा और मुझे बेइज्जती का सामना करना पड़ेगा। आप परेशान न हों, मुझे आने-जाने में कोई कठिनाई नहीं होती है। आपके इस नेक कार्य के कारण हम जैसे लोगों का भी पेट भर रहा है। अन्यथा हम जैसे वक्त के मारे परिवार से अलग रहने वाले बूढ़े लोगों का कोई सहारा नहीं है। माना हमारे पास

सब कुछ है, पर हम उस सब कुछ को खा कर भूख नहीं मिटा सकते हैं। उसके लिए तो रोटी की जरूरत है। इस लॉकडाउन के कारण हम जैसे कितने ही लोग हैं, जो भूखे रहने को मजबूर हैं।"

हम लोग भी उनकी मजबूरी सुनकर चुप रह गये। वह रोज आते रहे, पैकेट लेते और आशीर्वाद देकर जाते रहे। लॉकडाउन के आखिरी दिन वह अपने हाथ का बना सुन्दर ड्राइंग किया हुआ प्रमाण-पत्र "कोरोना-योद्धा" लेकर आये और मुझे देकर बोले- "यह मेरा विजिटिंग कार्ड है। समय मिले तो आप सब मेरे घर पर अवश्य आना।" हम सब उनके स्नेह से अभिभूत थे।

परन्तु सोचने वाली बात यह है कि उनके जैसे कितने ही लोग थे, जो बीमारी की हालत में घर से बाहर ही नहीं निकल सके या फिर जो दलिया, खिचड़ी, ब्रेड खाकर जी रहे थे। उन्हें यह सारी चीजें नहीं मिल पा रही थी। क्योंकि सारी दुकानें बन्द थीं।

सबसे ज्यादा बुरा हाल उन वृद्ध लोगों का था जो अकेले रह कर अपने दिन काट रहे थे या फिर मौत की बाट जोह रहे थे।

शुभा शुक्ला

एम.ए., समाजसेविका, कवयित्री।
मो० ९८२६६३५६७८।
पुस्तकें-सच्चा दर्पण, जीवन कस्तूरी, इन्द्रधनुष, काव्यांजलि। सम्मान - अपराजिता सम्मान, महिला शिखर सम्मान, अग्नि शिखा साहित्य गौरव सम्मान, रानी लक्ष्मी बाई मेमोरियल अवॉर्ड, अटल साहित्य सम्मान, लॉकडाउन योद्धा सम्मान।

लॉकडाउन-निम्नवर्ग

कोविड-१९ के मरीजों के जो आँकड़े हैं, वो दिल दहला देने वाले हैं। ऐसे में इस महामारी का प्रभाव लोगों के दैनिक जीवन पर, व्यवसाय पर, और देश की अर्थव्यवस्था पर भी बुरी तरह से पड़ा। कोरोना के संक्रमण को रोकने के लिए लगाये जाने वाले लॉकडाउन के कारण छोटे-बड़े सभी व्यवसायिक संस्थान, निजी स्कूल, कार्यालय आदि बन्द हो गये जिससे हजारों-लाखों लोग बेरोजगार हो गये।

इस लॉकडाउन में सबसे ज्यादा मुश्किल और तकलीफ यदि किसी वर्ग को हुई, तो वह है निम्नवर्ग, जिनकी एक दिन की कमाई ही उनका जीने का आधार होती है। अपने परिवार को पालने के लिए ये श्रमिक लोग अपना घर-बार छोड़कर, दूसरे शहर में जाकर रहते हैं। लॉकडाउन के चलते ये जहाँ काम कर रहे थे, वह बन्द हो गये। अब ये बेरोजगार मजदूर अपने अपने गाँव लौटने के लिए मजबूर हो गये। हजारों मील नंगे पाँव अपने बच्चों को काँधे पर टाँग कर पैदल पलायन करने लगे। पैरों में छाले पड़ गये, जालिम मालिकों ने उन्हें गाँव पहुँचने तक की व्यवस्था नहीं कर के दी। राह में सामाजिक संस्थाओं या प्रशासन के द्वारा कोई सुविधा मिली तो थोड़ा सुकून पा गये और फिर निकल पड़े अपनी मंजिल पर। जिन माँ-बाप के पास अपने बच्चों को देने के लिए एक निवाला भी न था, बेचारे अपने कलेजे के टुकड़ों को मौत का ग्रास बनते देखने के लिए मजबूर हो गये। कई मजदूरों को रात गुजारने के लिए उपयुक्त स्थान नहीं मिला। वे रेल की पटरी पर रसो गये और रात में ट्रेन उन्हें कुचलकर चली गयी। अपनी चिन्ता को भुलाकर सुकून से सोये मजदूर सदा के लिए चिता पर खाक हो गये।

एक और अहम बात इस लॉकडाउन की जो इस निम्न वर्ग की महिलाएँ सहन कर रही हैं। वे अपने शराबी और नकारा पतियों से ऐसे ही परेशान रहती हैं। इस लॉकडाउन के कारण उनके पति जिनके काम छूट गये, वे और भी परेशान करने लगे। ऊपर से बीच में सरकार ने भी उन पर अपनी कृपादृष्टि वृष्टि कर दी। अब क्या, सोने पे सुहागा था। रोज पत्नियों को मार-मार कर पैसे लेते और जाकर शराब पीकर अपना गम भुलाने लगे। हाँ जी, ऐसा ही तो कहते है ये नशे की हालत में।

अप्रैल २०२० से लेकर दिसम्बर २०२० तक विश्व में कोरोना संक्रमितों की संख्या विश्व में २ करोड़ से ज्यादा हो गई है। हमारे देश में ही कोरोना के मरीजों की संख्या अब तक लाखों की सीमा लाँघ चुकी है। ऐसा नहीं कि प्रशासन हाथ पर हाथ धरे बैठा है। सरकार बहुत-सी योजना चलाकर इनको भरपूर सहयोग कर रही है, बहुत व्यवस्था कर रही है, पर इनकी संख्या इतनी अधिक है कि वह सुविधाएँ भी कम पड़ती हैं।

निम्नवर्ग के पुनरोत्थान के लिए सरकार को और ज्यादा गम्भीरता से विचार करने की आवश्यकता है।

शोभना नाईक

जन्म तारीख-२६-०२-१६५६
शिक्षा-एम.एस.सी.,बी.एड.,पी.जी.डी.सी.ए., नृत्य विशारद। रुचि- लेखन, पठन-पाठन, गायन आदि।
व्यवसाय-सेवानिवृत्त प्राचार्य, ।
पता -डॉ०संजीव नाईक, शालीमार टाउनशिप ए बी रोड, इन्दौर। मो० ६४२५३१५६३८

लॉकडाउन-देवदूत

जब भी कोई संकट आये या भावी अनिष्ट की शंका सताये, तो वह घर के छोटे से मन्दिर में दिया जलाकर सुन्दरकाण्ड और हनुमान चालीसा का पाठ करने बैठ जाती। आज भी डॉक्टर बेटे की ड्यूटी कोविड-१६ मरीजों के वार्ड में लगने की खबर मिली तब से उसका मन अत्यन्त व्याकुल था।

कोरोना से चारों ओर मचे हाहाकार व कोरोना से लड़ते पुलिसकर्मी, डॉक्टर्स, नर्स और सफाईकर्मियों के शहीद होने की मीडिया में रोज खबरें देखकर, पढ़कर, बेटे के लिए मन बड़ा चिंतित था, परन्तु बेटा बड़ी निर्भिकता से अपने कर्तव्य पथ पर जाने को अडिग था। उसका कहना था- "मानव सेवा ही सबसे बड़ा धर्म है। आज ईश्वर ने मुझे यह मौका दिया है। मेरा कर्तव्य मुझे पुकार रहा है" और वह पत्नी के साथ अपनी ड्यूटी पर चला गया।

बेटे की हाल ही में हुई शादी, बहू के पैर भारी, पचासी वर्ष की डायबिटीज, ब्लड प्रेशर से पीड़ित सास, फिर पति स्वयं खुद सीनियर सिटीजन और डायबिटीज मरीज।

ऐसे में बेटे की ड्यूटी की खबर ने तो मानो तोड़कर ही रख दिया। हर माँ का कलेजा अपने बच्चों की सलामती को लेकर आशंकित ही रहता है। कोई भी माँ जानबूझकर अपने बच्चों को मौत के मुँह में नहीं जाने दे सकती।

आज भी दिया जलाकर मैं भगवान के सामने पाठ करने के लिये हाथ जोड़ कर बैठी ही थी।

मनोजवं मारुत तुल्य वेगं, जितेन्द्रियं बुद्धिमतां वरिष्ठं, वातात्मजम्

वानरयूथमुख्यं, श्री राम दूतं शरणम् प्रपद्ये।।

रामदूत अतुलित बलशाली हनुमान जी का संस्मरण कर रही थी कि पास रखे मोबाइल पर बहन का व्हाट्सएप मैसेज आया। बेचैन मन होने के बाद भी मोबाइल का बटन दबाकर देखा जिसमें, मेरा डॉक्टर बेटा आयुष पीपीई किट पहने फोटो में दिखाई दे रहा था। नीचे लिखा था-

"देवदूत आयुष को हार्दिक शुभकामनाएँ।"

पढ़कर लगा, "हाँ, मेरा बेटा देवदूत ही तो है, जो कोरोनारूपी राक्षसों से मानवों की रक्षा करने में जुटा है। उसका बाल बाँका नहीं होगा, ईश्वर उसकी रक्षा अवश्य करेंगे क्योंकि वह तो देवदूत है।"

देवदूत होने के नाते मानवता को बचाना उसका पहला कर्तव्य है। डॉक्टर बनते समय उसने जो शपथ ली थी उसका भी तो उसे निर्वाह करना है। अपने अन्तरात्मा की आवाज को भी सुनना है।

मन को सम्बल दे गया देवदूत शब्द। आशंका के, भय के बादल छँट चुके थे और वह मारुतिनन्दन को बारम्बार प्रणाम करते हुए फिर हनुमान चालीसा का पूरे मनोयोग से पाठ करने लगी।

संकट कटे, मिटे सब पीरा, जो सुमरत हनुमत बलबीरा।।.......

डॉ० सलमा जमाल

पति-स्व० डॉ० जमालुद्दीन।
जबलपुर। मो० ६३०००४४४६८
शिक्षा- एम.ए.(ट्रिपल),बी.एड.,एल.एल.बी.। गतिविधियाँ-लेखन, समाजसेवा, कवि सम्मेलन, पत्र पत्रिकाओं में प्रकाशित, १० पुस्तकें प्रकाशित। ६०, राष्ट्रीय, ३ अन्तर्राष्ट्रीय सम्मान। सम्प्रति- अध्यक्ष हिन्दी सेवा समिति, संरक्षिका पाँच संस्थाओं की।

लॉकडाउन-लाभ

जब भारत में कोरोनावायरस फैला, तो लोग बहुत निराश और हताश हुए। हमारी आर्थिक व्यवस्था चरमरा गई। सबसे ज्यादा निम्नवर्ग, मध्यमवर्ग पर मुसीबत आयी, उससे भी ज्यादा दयनीय हालत मजदूरों की हुई। परन्तु इस सबके होते कोरोनाकाल के लॉकडाउन में कुछ फायदे भी हुए। मुझे इन फायदों के नाम लेने से बहुत अच्छा नहीं लग रहा है। परन्तु जब बड़ा नुकसान होता है, तब छोटे-छोटे लाभ याद करके, हम मन को सांत्वना दे सकते हैं।

१. हमारे यहाँ होने वाले अपराधों में कमी आयी थी, क्योंकि अपराधी तत्व भी उस समय घरों के अन्दर रहने के लिए मजबूर हो गये थे।

२.चोरी की वारदात कम हुईं क्योंकि पब्लिक भी घर में थी और चोर डकैत भी घरों में बन्द थे।

३. बाहर निकल पाने के हालात में अपराधी तो घर में ही थे और लड़कियाँ महिलाएँ भी घर में, अतः लूटमार, छेड़छाड़ और रेप के केस कम हुए।

४. शराबखाना पर पाबन्दी व बन्द होने की वजह से बाहर भी हंगामा लड़ाई-झगड़े नहीं हुए और घरों में भी झगड़े नहीं हुए। शराब न मिलने के कारण महिलाएँ, बच्चे भी अमन चैन से रहे।

५. स्त्री-पुरुष, बच्चों को लॉकडाउन की वजह से आपस में एक दूसरे के साथ रहने, समीप आने का मौका मिला। गिले-शिकवे भी दूर हुए और कई परिवार टूटने से बच गये।

६-जुआ, सट्टा बन्द रहे, जिससे पैसे की बर्बादी नहीं हुई।

७-कार, स्कूटर, बस, ऑटो आदि सब बन्द थे। इस कारण पर्यावरण प्रदूषणमुक्त हो गया। हवा में शुद्ध ऑक्सीजन को लोगों ने महसूस किया। बीमारियां भी कम हो गईं।

८- शादी-ब्याह में भीड़ पर बन्दिश होने के कारण शादी के खर्च में बहुत भारी बचत हुई। अमीर व गरीब की शादियों में समानता दिखी। मृत्युभोज भी बन्द रहे।

९- सभी प्रकार की पार्टियों पर रोक लगने के कारण बचत हुई और लोगों ने अपनों के महत्व को समझा।

१०-लोगों ने जीवन की कम आवश्यकताओं को महसूस करके जीना सीख लिया। लगा जैसे कि हम प्राचीन युग में पहुँच गये हैं । जीवन के ऐश-ओ-आराम व्यर्थ लगने लगे ।

११. घरों का शुद्ध खाना और परिवार, फिजूलखर्ची का महत्व समझ में आने लगा ।

अतः हम देखते हैं कि इस महामारी के आने से एक ओर भारी-भरकम नुकसान हुआ, लोगों की मौतें हुईं, परन्तु दूसरी तरफ हमारे अन्दर जीवन दर्शन की पारदर्शिता का भी ज्ञान हमें प्राप्त हुआ। आधुनिकता और भोगविलास के जीवन का अन्धानुकरण करने का परिणाम भी पता चला।

डा. सीमा शाहजी

सहायक प्राध्यापक हिन्दी।
३२५ महात्मा गाँधी मार्ग थांदला, जिला झाबुआ, म.प्र.।
लेखन- कविता, कहानी, लघुकथा, लेख आदि।
रुचि- पठन-पाठन, आदिवासी कलाओं पर लिखना, सुनना, लोकनृत्य, लोकगीत आदि।
मोबाइल-७६८७६७८५११

समय का सदुपयोग

लॉकडाउन के दौरान जाना कि फुर्सत भला किस चिड़िया का नाम है, जो कभी हमारे हाथ नहीं आती थी, बस उड़ जाती थी फुर से .... और हम वहीं खड़े रह जाते थे बस हाथ मलते हुए, मन ही मन यह कहते हुए कि चलो आज नहीं तो कल, कभी तो होंगे कुछ पल हमारे लिए, लेकिन नहीं! यह फुर्सत कहाँ आसानी से हाथ आने वाली थी। बस इसी के चलते हमने अपने कई रचनात्मक कार्यों पर पर्दा डाल दिया था।

मुझे याद है, नानी हमेशा कहा करती थीं कि आपको हर कार्य आना चाहिए और वह भी पूर्णता के साथ। बहुत खीज भी होती कि न जाने क्या-क्या काम सीखने होते हैं लड़कियों को। लेकिन साहब, नानी की दुनिया में कोई रियायत नहीं थी।

जब भी मामा के घर जाते, तो देखते कि मौसियाँ कढ़ाई की चादर काढ़ रही हैं, तो कभी पेण्टिंग में व्यस्त हैं। गर्मियों में सिवइयाँ, चिप्स, पापड़ बनाने की कवायद अलग। और सबसे ऊपर तो किचन का कार्य, वह भी पूरे मनोयोग से करना होता था।

आज फुर्सत के इन पलो में आँकलन करने बैठी तो लगा कि हँसते-खेलते, रोते-गाते क्या-क्या सीख गये थे हम... कोने में पड़ी सिलाई मशीन जिसको यूँ ही पटक रखा था कई वर्षों से, नजर आ गयी। अभी लॉकडाउन में जबकि सभी निज सहायकों को छुट्टी दे रखी है, घर के काम करने के बाद भी कुछ घण्टे बच रहे थे मेरे पास।

बस फिर क्या था, चल गया मशीन का पहिया .....और हो गये तैयार पुराने मोजों को जोड़कर कुछ पोंछे, पुरानी जीन्स के बैग, नेट के टीवी कवर, सोफा कवर और हाँ सबसे महत्वपूर्ण, लॉकडाउन में मैने बहुत से मास्क तैयार किये और आस-पास की बस्ती में जाकर, लोगों को मास्क देते हुए, उन्हें उसकी अहमियत भी बतायी। सचमुच ऐसा करते हुए मुझे बहुत ही सुकून मिलता था। फिर तो जरूरत-मंदों को मास्क बाँटना मेरा नियम ही बन गया।

इस समय का, इन पलों का शुक्रिया जिसने मुझे पुनः जीवन का राग सिखा दिया, बता दिया कि अगर सूनापन दूर करना है तो स्वयं ही कुछ गुनगुनाना होगा।

अगर भगवान से संवाद करना है तो समय की कोई बाध्यता नहीं, कह लो जितना भी कहना चाहो ....कोई आपा-धापी नहीं, हर काम शांति से।

धन्यवाद, आभार कोरोना के प्रति तो बिलकुल नहीं !!!!

धन्यवाद मोदी जी का, इन पलों के लिए .... जो हमें जीवन के वास्तविक पहलू को जानने का मौका दिया, अपने को पहचानने का समय दिया। हम अच्छे समय की प्रतीक्षा करें, क्योंकि समय का पहिया पलटता जरूर है ...चाहे देर से ही सही। हम आपके साथ हैं, समय का सही सदुपयोग कर इन्तजार करेंगे एक नये और सुहाने समय का ......।

डॉ० साधना तोमर

पति-श्री ईश्वर सिंह तोमर,
शिक्षा- एम.ए.(हिन्दी), एम.एड़., नेट, पी.एच.डी., डी. लिट्, सम्प्रति-एसोसिएट प्रोफेसर एवं अध्यक्षा, हिन्दी विभाग,जे.वी.कॉलेज, बड़ौत(बागपत) यू.पी.। प्रकाशित- बीस साझा संकलन, तीन पुस्तकें। सम्मान-तीस पुरस्कार, सम्मान एवं उपाधि। ८ विद्यार्थियों को शोध उपाधि, ६ शोधरत।
मो० ९८९७२९४९९६, ८२७९६०९१३२

लॉकडाउन-पलायन

कितना बेबस और लाचार कितना मैं मजबूर हूँ।
संकटों से जार-जार हूँ क्योंकि मैं मजदूर हूँ।।
दो वक्त की रोटी भी मैं,
नहीं जुटा अब पाता हूँ।
दर-दर की ठोकरें अब मैं,
पेट की खातिर खाता हूँ।
मुसीबतों से आज घिरकर मैं गमों से चूर-चूर हूँ।
कितना बेबस और लाचार कितना मैं मजबूर हूँ।।
लॉकडाउन क्या हुआ,
अब मैं तबाह हो गया।
इस कोरोना महामारी में,
मेरा सब कुछ खो गया।
जीवन की हर खुशी से मैं अब कितना दूर हूँ।
कितना बेबस और लाचार कितना मैं मजबूर हूँ।।
मीलों दूर पैदल-पैदल ही,

अपने-अपने गाँव को चला।
पैरों में छाले, खिंचती आँतें,
न पानी न निवाला मिला।।
इस जीवन में रहा ही क्या मैं तो अब बेनूर हूँ।
कितना बेबस, लाचार कितना मैं मजबूर हूँ।
काम की तलाश में हूँ
काम है कि मिलता नहीं
मेरे घर में दोनों समय
अब चूल्हा जलता है नहीं।
बिन खाये सो जाता हूँ जबकि बेकसूर हूँ।
कितना बेबस और लाचार कितना मैं मजबूर हूँ।
आज सबको प्यारी जान है
कठिन समय का आह्वान है
मल-मल बहना हाथ धोना
दूर भगाना है कोरोना।।
सूनी गलियाँ सूने गाँव, इसी चिन्ता में मगशूल हूँ।
कितना बेबस और लाचार कितना मैं मजबूर हूँ।।

सुरेखा कृष्णकान्त मैड

नासिक। मो० ९५२७६१५८४८
लेखन-छन्द, कविता, कहानी, लघुकथा, हाइकू लेख। रुचि- सायकिलिंग, गणित कॅल्क्युलेशन्स, बॅडमिंटन, खो-खो, पर्यटन.....नृत्य, गायन, समाजसेवा। दिंडी और गोंधळी नृत्य में प्रथम, चाणक्य ग्रुप संगमनेर, स्वराज्य फाउण्डेशन और सोनार युवा सखी मंच का गायन में सम्मान । न्यूजपेपर, मासिक में मेरी कुछ कविताएँ और लेख प्रकाशित।

कोरोना-योद्धा

एक फौजी जवान सीमा पर, देश की रक्षा कर रहा है
एक देवता, डॉक्टर, पुलिस, नर्स एवं स्वच्छताकर्मी
के रूप में हमारी सुरक्षा कर रहा है !!
आज के इन हालात में काम कर रहे
इन कर्मवीरों को अपना कर्तव्य निभाना होता है
इन्हें खुद से ज्यादा दूसरों का खयाल होता है !!
त्याग, परोपकार, हिम्मत, बहादुरी के किस्से इनके,
जीने की उम्मीद देते और निडर होके घरों में ही
रहने का आसान-सा तरीका अपनाने को कहते !!
अपना सर्वस्व न्योछावर करके हॉस्पिटल, रास्तों पर
जी जान से अपने प्राणों की बाजी लगा रहे हैं
हमारी जिम्मेदारी बनती, खुद को, देश को बचाने की !!
हर चुनौती का सामना कर रहे हैं ये,
खुद की जान जोखिम में डाल कर
हमारे लिये तो कोरोना की सबसे
सस्ती और अच्छी दवा है कि बस,

सरकारी नियमों का पालन करके
सावधानी बरतनी है हमें, घरो में ही रहकर !!
डॉक्टर, पुलिस, नर्स, स्वच्छताकर्मी हैं देवता
हमें उनकी करनी है पूरी सहायता
मन को दो ये आदेश, यही मेरा है सन्देश !!
इन सब देवतारुपी कर्मवीरों पर हमें गर्व है
जो कहते हैं, ये समय डरने का नहीं,
बल्कि डटकर सामना करने का है !!
सरकारी नियमों का पालन करना है जिम्मेदारी
अनावश्यक बाहर न जाके ले लो खुद की खबरदारी
इसी में है सबसे बडी समझदारी !!
यारों, परिवर्तन सृष्टि का अटल नियम है
ये दिन भी टल जायेंगे दुःख सारे मिट जायेंगे
कल सुनहरे दिन भी अवश्य आयेंगे !!
निरोगी, स्वास्थ्यपूर्ण जीवन वापस है पाना
एकजुटता से नष्ट करना है कोरोना
घातक वायरस को नहीं है बढ़ाना
संक्रमण की कड़ी को है तोड़ना !!
तो आयें... हम सब मिलकर इन सभी सच्चे
कोरोना योद्धाओं का सम्मान करें
मनोबल बढ़ायें, मानवता का संकल्प करके
उन्हें दिल से दुआ दें कि, ईश्वर रखे सदा ध्यान तेरा !!
ईश्वर रखे सदा ध्यान तेरा !!!

संगीता राजपूत

पति- प्रभात सिंह राजपूत, दमोह म.प्र.।
मो० ६३६६२५६०६५।
शिक्षा- एम.ए., पॉलीटेक्निक। लेखन- कविता, कहानी, लघुकथा, बालकथा, लेख। शौक- गायन-वादन, पठन-पाठन, सोशल वर्क।
सम्मान- साहित्य सृजन, हिन्दी सेवी, दुर्गाशक्ति, दीपशिखा सम्मान। संप्रति-उपाध्यक्ष-गरबा मण्डल, राजपूत महिला संगठन दमोह, एवं संस्कृति साहित्य मंच इन्दौर, डायेरक्टर-एनजीओ एफ. आयी. सी. ओ.।

लॉकडाउन-पलायन

मार्च २०२० में कोविड-१६ बीमारी आयी, जिसने देश में ही नहीं बल्कि विदेश में भी लोगों को झकझोर दिया। इससे निबटने के लिए सरकार ने पूर्ण लॉकडाउन लगाया। मजदूर वर्ग को बहुत ही परेशानी हुई, जो दो वक्त की रोटी के लिए जो रोज कमाते हैं, उसी से अपने परिवार का पेट भरते हैं। लॉकडाउन में सभी कम्पनियाँ, फैक्ट्री, ऑफिस, रेहड़ी, ठेला, सब्जी, व कंस्ट्रक्शन सहित सभी कुछ बन्द हो गया। लोग अपने घरों में कैद हो गये। जो गरीब बड़े शहरों में मजदूरी के लिए गये हुए थे, उनके भूखे रहने की नौबत आ गई।

ऐसे में उन्होंने हजारों की संख्या में पैदल ही अपने गाँवों की ओर पलायन कर दिया। अब सड़कों पर उनका सैलाब नजर आता था, जो भूखे, प्यासे चले जा रहे थे। उनके पैरों में छाले भी पड़ गये, उनके साथ महिलाएँ, बच्चे और बुजुर्ग भी शामिल थे, जिनकी हालत बहुत खराब थी। मजदूरों का रेला जहाँ से निकलता, वहाँ के लोग उनके खाने-पीने की यथासम्भव व्यवस्था करते थे। ऐसे में कुछ लोग अपनों से बिछड़ गये थे, जो शायद अब कभी नहीं मिल पायेंगे। यह समय कभी न भरने वाले अनेक घाव दे गया था।

समय धीरे-धीरे सरक रहा था और फिर ठीक एक साल बाद मार्च २०२१ में कोरोना की दूसरी लहर का आगमन हुआ, जो पहले से भी भयानक थी। इस बीमारी की चपेट में युवा और बच्चे भी संक्रमित हो रहे थे। मौत का आँकड़ा

हर रोज सुरसा के मुँह की तरह बढ़ता जा रहा था और अप्रैल के अन्त तक भारत में हर रोज चार लाख से ऊपर मरीज पाये जाने लगे। अस्पतालों में जगह ही नहीं थी। यहाँ तक कि लोग बगीचे में, बरामदा में, गेट पर ही पड़े थे कि कम से कम डॉक्टर देख तो लें, दवा तो दे दें। दवा, इंजेक्शन और ऑक्सीजन सिलेण्डरों की भी भारी कमी थी।

और जब इस तरह का आलम होता है तो पत्थर के कलेजे वाले लोग भी निकल पड़ते है अपना स्वार्थ सिद्ध करने। उनके द्वारा दवा, इंजेक्शन, सिलेण्डरों की कालाबाजारी की जा रही थी। पाँच हजार का इंजेक्शन पचास हजार में भी ढूँढ़े नहीं मिल रहा था।

मौत का आलम यह था कि मरघट में जगह ही नहीं थी, लकड़ी भी पर्याप्त नहीं थी। रात-दिन शव जलाने के बाद भी लम्बी लाइन थी और नम्बर लगाना पड़ रहा था। अस्पताल से आने वाले शव एक साथ चार-चार जलाये जा रहे थे क्योंकि उनके साथ परिवार का कोई नहीं होता था। उनका संस्कार निगम कर्मचारी करते थे।

हर ओर मौत ही नजर आ रही थी। सभी मौत के साये में जी रहे थे। आना-जाना तो बन्द ही था। हर रोज किसी अपने के मरने की खबर मिलती और यह खबर सुनकर भी इंसान दिल खोलकर रो भी नहीं पाता था। यही भय था कि कब हमारी बारी न आ जाये। सभी खामोशी से डरे सहमे घरों में दुबके थे। यह कयामत सभी पर भारी थी।

सुषमा प्रदीप मोघे

इन्दौर। मो० ९८२६७८७३०७।
लेखन- कविता, कहानी, लघुकथा, लेख। हिन्दी पुस्तकों का मराठी में अनुवाद। रुचि- पठन-पाठन, लेखन, गायन-वादन व नृत्यकला। सम्मान-दीपशिखा सम्मान, गणतंत्र सम्मान। सदस्य- आरिणी ग्रुप, संस्कृति साहित्य मंच। ७५०-आर महालक्ष्मी नगर, इन्दौर।
शिक्षा-एम.एस.सी.,बी.एड.। रिटायर्ड संगीत शिक्षिका, केन्द्रीय विद्यालय।

लॉकडाउन व पर्यावरण

भारत के परिपेक्ष्य में अचानक आयी महामारी कोविड-१९ के कारण एहतियाती तौर पर भारत में भी लॉकडाउन लगाया गया था।

इसका पर्यावरण पर सकारात्मक प्रभाव दिखायी दिया..

आवागमन के सारे साधन जैसे बस, कार, ट्रक, बाइक, आदि सड़क पर दौड़ाना बन्द कर दिया था.. जिससे वायु प्रदूषण की रोकथाम सहज ही हो गयी थी।

धूल, धुएँ से छुटकारा पा लिया था। इसका असर बाग-बगीचे, पेड़-पौधे, फूल पत्तियों पर अधिक दिखायी दिया। खेत खलिहानों में अच्छी फसल हुई, पशुसंवर्धन हुआ और पक्षियों की संख्या में भी बढोतरी हुई। माफिक हवामान और परिस्थितियों के कारण प्रवासी पक्षियों का आगमन इस वर्ष भारत में अधिक हुआ है।

आदमी सपरिवार घर के अन्दर रहे तो उनमें मेल-मिलाप, वार्तालाप तथा एकजुटता की भावनाओं का सम्मान करना तथा प्रेम को बढ़ावा मिला। आपसी रिश्तों में जो दरार आ गई थी, उसमें से गिले-शिकवे दूर होकर परिवार पुनः एकता और प्रेम की डोर में बँध कर एक हो गये।

बहुत दिनों के मौन से जिन रिश्तों में दूरियाँ आ गयी थी, लोगों ने फुरसत के क्षणों में अपने मित्रों, रिश्तेदारों से वार्ता करके उनको पुनः सिंचित करके एक

नये सिरे से सम्बन्ध कायम किये। इस प्रकार उनके बीच की दूरियाँ मिट गयीं।

हर दिन की आपा-धापी, दौड़-धूप से कुछ दिन की निजात मिली थी... जो पहले कुछेक परिवार इन परिस्थितियों से निपटने के लिए असहज रहे थे, शनैः शनैः अपने को नयी परिस्थिति में ढाल लिया था। सरकारी विभागों में काम करने वाले लोगों को घर से काम करने के लिए एक विशेष अवसर मिल गया था। कुछ लोगों को यह व्यवस्था बहुत रास आयी है। इससे समय व पैसा दोनों की बचत हो रही है जिससे कार्य में गुणवत्ता देखी जा रही है।

भारतीय घरों में प्रतिदिन की नियमित प्रार्थनाएँ, पूजा-अर्चना की जाती हैं, सभी साथ मिलकर पूजा-आराधना करके साथ समय बिताने लगे। बीमारी से बचाव के लिए साफ-सफाई के नियम कड़ाई से पालन होने लगे। मुँह पर मास्क तो कोरोना की पहचान ही बन चुका था। बार-बार साबुन से हाथ धोना भी रूटीन में शामिल हो गया था। हाथ मिलाना तो हमारी भारतीय परम्परा वैसे भी नहीं थी, पर अब इस बीमारी में हाथ जोड़कर नमस्ते करना विदेशियों ने भी सीख लिया था।

बड़े आयोजनों पर रोक लगने से सहभोज, शादियाँ, पार्टियों पर बन्दिश लगने से सर्वत्र शान्तिपूर्ण वातावरण रहा। यह सकारात्मक परिवर्तन भविष्य में भी बहुत दिनों तक देखने को मिलेगा... ऐसा विश्वास है।

स्नेहलता पाठक

पति- विपेन्द्रनाथ पाठक, इन्दौर।
मो० ८९६४६०८५४५।
शिक्षा- पोस्ट ग्रेजुएट।
रुचि-लेखन, पठन-पाठन, भजन, गायन, सत्संग आदि।
उपाध्यक्ष- संकल्पशक्ति महिला मण्डल, इन्दौर।

कोरोना-जानकारी

मैं स्नेहलता पाठक उस पीढ़ी से ताल्लुक रखती हूँ, जिसने टेलीविजन पर दूरदर्शन चैनल से आज पाँच सौ से ज्यादा चैनल वाला परिवर्तन देखा है। मेरी पीढ़ी में सत्तर के दशक में ट्रंकाल से लेकर वर्तमान के ४-जी, मोबाइल की भी साक्षी हूँ।

मैंने सदैव अनुभव एवं यादों की उजली तस्वीर को ही अपना साथी बनाया है। कोविड-१९ वायरस के चीन में उत्पन्न होने की खबरें हम सभी ने सुनी थी।

आज ३० दिसम्बर २०२० को जब मैं लिख लिख रही हूँ, जहाँ मेरी याददाश्त जाती है। २२ मार्च २०२० से भारत में वायरस संक्रमण रोकने के लिए लॉकडाउन की शुरूआत हुई। इस प्रयास में भारत की १३० करोड़ आबादी घरों में कैद हो गई। इस दौरान सारे व्यापारिक, शिक्षण संस्थान, परिवहन तंत्र, सिनेमाघर, होटल, रेस्टोरेण्ट सभी बन्द कर दिये गये। केवल अस्पताल, कानून व्यवस्था, पुलिस अपनी सेवा प्रदान कर रही थी। विश्व स्वास्थ्य संगठन भी कोविड-१९ संक्रमण के बारे में कुछ स्पष्ट रूप से नहीं बता पा रहा था। इन्दौर शहर सहित सम्पूर्ण भारत देश में इस संक्रमण से सारे लोग सहमे, आशंका से घिरे हुए थे। भारत देश की अर्थव्यवस्था भी तेजी से नीचे गिरती जा रही थी।

शुरूआती दिनों में घर में हुए राशन का जुगाड़, बीमारी से बचाव और परिवारजनों की चिन्ता के विषय में और भविष्य की बीमारी की जानकारी के विषय में संगोष्ठी करते हुए बातें किया करते थे। सुबह के अखबार में भी पॉजिटिव केस पर ही जोर होता था।

लॉकडाउन के बाद व्यापार खुल गया। इसी दौरान मेरा बड़ा बेटा पिछले पाँच महीने से अपने कार्यस्थल पर सुरक्षित रूप से व्यापार पर जा रहा था, किन्तु ५ दिसम्बर को वह कोरोना पॉजिटिव है। इस खबर से सभी परिवारजनों का मनोबल पूर्ण रूप से धराशायी हो चुका था। डॉक्टर के अनुसार मेरे बड़े बेटे को १५ से २० प्रतिशत संक्रमण के साथ ग्रेड ०४-२५ का संक्रमण था। इस समय तक भारत में इस बीमारी के मरीज, करीब एक करोड़ के पार जा चुके थे। अब तक डॉक्टरों को भी इस नूतन वायरस से लड़ने की जानकारी एवं थोड़ी बहुत क्षमता आ चुकी थी। यहाँ यह बताना जरूरी है कि जुलाई २०२० में ग्लैनमार्क फार्मास्युटिकल्स नामक एक कम्पनी ने इस बीमारी के माइल्ड से मॉडरेट बीमारी के लिए, फैबीफ्लू नामक दवा भी लांच कर दी थी। मुझे आज भी यह समझ नहीं आया कि सारी सावधानियाँ रखने के बाद भी मेरे बेटे को यह बीमारी कैसे लग गयी। १७ दिसम्बर को मेरा बेटा काफी बढ़िया हालत में हो गया था।

शायद आने वाले कुछ महीनों में मानवता भी इस विकराल संकट से उबर जायेगी। इस बीमारी की वैक्सीन भी आ गई है। सरकार की ओर से सभी तक वैक्सीन पहुँचाने के प्रयास किये जा रहे हैं। एक बार हम फिर से कह पायेंगे कि हर मुश्किल से निकलकर हर बार मानवता विजय होती है। ईश्वर करे ऐसा ही हो। धन्यवाद।

सुनीता सन्तोषी

इन्दौर।
मो० ९४०६६२९२९९
शिक्षा-एम. ए. अर्थशास्त्र।
लेखन- कविता, कहानी, लघुकथा, गीत, आदि।
रुचि- भजन, सत्संग, गायन-वदन।
सम्मान- संस्कृति साहित्य मंच से हिन्दी सेवी सम्मान, दुर्गाशक्ति सम्मान, दीपशिखा सम्मान। सदस्यता-संस्कृति साहित्य मंच, अन्तर्राष्ट्रीय हिन्दी परिषद।

लॉकडाउन-निम्न मध्यमवर्ग

कोरोना महामारी ने एक वैश्विक रूप ले लिया है जिसका हमारी अर्थव्यवस्था पर गहरा असर हो रहा है। इस दौरान की अर्थव्यवस्था में मेरा विषय उस श्रेणी पर प्रकाश डालना है, जिनकी आर्थिक स्थिति तो निम्नवर्गीय तुल्य है, लेकिन समाज में अपना जीवन स्तर बेहतर बनाने के लिए जीवनयापन मध्यमवर्गीय तुल्य करते हैं, यानी कि ये अपना जीवन स्तर सुधार करते हुए एक मध्यमबर्गीय की तरह जीवनयापन करते हैं।

इस आपदा की घड़ी में मेरी नजरों में सबसे ज्यादा प्रभावित या यूँ कहें प्रताड़ित यही वर्ग रहा है।

निम्न वर्ग के लिए सरकारी, सहकारी, स्वयंसेवी, एवं सामाजिक संस्थाएँ आगे आयी हैं और कईयों ने व्यक्तिगत रूप से भी हरसम्भव मदद करने का प्रयास किया है। इस वर्ग को सभी ओर से इतनी सहायता मिली कि कतिपय व्यक्तियों ने बहुतायत में किराना सामान एकत्रित कर लिया था।

लेकिन यह वर्ग जिसे हम निम्न मध्यम वर्ग कह सकते हैं, जो किसी छोटी कम्पनी में, प्राइवेट शैक्षणिक संस्थाओं में कार्यरत है, जिनकी मासिक आय पन्द्रह-बीस हजार है, जिन्होंने वित्तीय संस्थाओं से ऋण लेकर रहने की व्यवस्था की या अन्य जीवन उपयोगी साधन क्रय किया है। उन्हें यह ऋण मासिक किस्तों में ब्याज सहित अदा करना होता है, जो वह नहीं कर पा रहे हैं, क्योंकि उनके पास कोई रोजगार नहीं रह गया है। वह दोहरी मार खा रहे हैं, दूसरी दैनिक

आवश्यकताएँ पूरी करने में असहाय हैं।

फुटकर व्यापारी, लघु उद्योग एवं कुटीर उद्योग संचालक, जिनका व्यवसाय ही ऋण की बुनियाद पर खड़ा था। छोटे-छोटे मकान मालिक जिन्होंने अपनी जमा पूँजी से यह सोचकर मकान बनाया था कि वृद्धावस्था में भी किसी पर आश्रित न होकर स्वयं अपना जीवनयापन सुचारू रूप से कर सकेंगे। जिनकी गृहस्थी ही किराये पर चल रही थी, उनके कमरे खाली पड़े हैं। कोई किरायेदार नहीं। वह कैसे अपनी गृहस्थी चलायेंगे? ऊपर से बैंक की किस्त भी देना पड़ रही थी। इन हालातों ने उनकी कमर ही तोड़ कर रख दी है। लॉकडाउन में सब बन्द उस वक्त इनकी आर्थिक हालात देखिएगा, जो भूख से बेहाल थे और किसी से कह भी नहीं पा रहे थे कि हम भूखे हैं। कोई उनकी सुध लेने वाला नहीं था।

स्वाभिमान हाथ फैलाने नहीं देता, धन पास है नहीं। इन हालातों में कुछ का मानसिक सन्तुलन बिगड़ा, कुछ ने आत्महत्या भी की है, जिनके आँकड़े हमें न तो न्यूज पर मिलते हैं, न ही समाचार पत्रों में। इनकी सुध लेने वाला कोई भी नहीं है। ऐसे आठ-दस नहीं लाखों-करोड़ों लोग हैं। इस वर्ग की भयावहता का निराकरण करने एवं समझने के लिए हमें एकजुट होकर जमीनी स्तर से कार्य करना पड़ेगा। पता नहीं, इन हालातों से यह वर्ग कब उबर पायेगा।

सुबोध कुमार मिश्र

नासिक।
मो०९१९४२२७५९०५०(सेवानिवृत्त) हिन्दी अधिकारी, भारतीय जीवन बीमा निगम व भारतीय नौसेना। शिक्षा-बी.ई.। साझासंग्रह- "सीप में मोती" व "जियो भर के"। सम्मान-भारत सरकार, गृह मंत्रालय, राजभाषा विभाग "राजभाषा" भूषण सम्मान, एल आय सी "राजभाषा गौरव" सम्मान। अध्यक्ष-विद्या भारती साहित्यिक संस्था, उपाध्यक्ष (महाराष्ट्र)- संयुक्त मानव अधिकार संघ।

लॉकडाउन-मध्यम वर्ग

लॉकडाउन में निम्नवर्ग के रोज कमाने-खाने वालों के तो सिर पर पहाड़ ही टूट पड़ा था। साथ ही मदद करने वालों ने उनकी जरूरतें पूरी करने में किसी ने कोई भी कसर बाकी नहीं रखी।

मध्यम वर्ग एक ऐसा वर्ग है जिसे समाज में अपनी नाक ऊँची रखने के लिए क्या कुछ नहीं करना पड़ता। वह अपना दुखड़ा किसी के सामने रो भी नहीं सकता। सभी यही समझते हैं कि सब ठीक ही चल रहा है, पर अन्दर की बात किसी को पता नहीं चलती। कुछ निम्न वर्ग के लोगों को भी मध्यम वर्ग के श्रेणी में समझ लिया जाता है, उनकी स्थिति और भी खराब हो जाती है। कुछ प्रोफेशनल लोग जिन्होंने किसी तरह कर्ज लेकर फ्लैट ले लिया था और जैसे-तैसे कर्ज की किस्तें भर रहे थे, उन्हें मध्यम वर्ग में शामिल तो कर लिया गया पर यहाँ उनकी हालत और भी दयनीय थी।

ऐसी ही एक महिला को मैं जानता हूँ, जो अपना जीवकोपार्जन बच्चों को ट्यूशन पढ़ाकर करती थी। लॉकडाउन शुरू होने के बाद जिन बच्चों की फीस बाकी थी, वह भी नहीं मिली। नया सत्र शुरू नहीं हुआ और ऑनलाइन पढ़ाने की सुविधा उसके पास थी नहीं। अधिकांश बच्चे वही आते थे, जो पढ़ने में कमजोर होते थे। वह उन बच्चों पर बहुत मेहनत करती थी और अच्छे प्रतिशत लाने के लिए हमेशा कटिबद्ध रहती। उसे बेहतर परिणाम भी मिलता था। इसी कारण समाज में उसकी

बहुत इज्जत व सम्मान था।

लॉकडाउन के बाद वह अकेली पड़ गयी। एक कुत्ते के बच्चे को पाला था। पूरा दिन उसी के साथ अपना समय व्यतीत करती। मोबाइल भी पुराना ही था। थोड़े बहुत जो रुपये थे, वो धीरे-धीरे खत्म होने लगे, कहे तो किससे कहे। पड़ोसी या जान-पहचान वाले यही समझते थे कि उसके पास इतना पैसा तो होगा ही कि वह एक साल निकाल लेगी। उसने किसी को भी आहट नहीं होने दी। दिन रात यही सोचती रहती कि क्या करूँ? पॉश कालोनी में रहने से कोई छोटा-मोटा काम भी नहीं कर सकती। स्कूल जल्दी खुलने की उम्मीद भी नहीं है। उसको हालातों से समझौता करते हुए प्राणों की बलि देने की स्थिति आ गयी थी। खुद्दार इंसान भूखा मर जायेगा, पर किसी के आगे हाथ नहीं फैलायेगा।

दुनिया में अभी अच्छे लोगों की कमी नहीं है। उसकी परिस्थिति को एक फरिश्ते ने समझा और चुपचाप उसकी मदद करने लगा। जिससे उसकी खुद्दारी भी बची रहे और जीवन भी। वह फरिश्ता यही सोचकर मदद कर रहा था कि अगर ये बची रहेगी, तो न जाने कितने कमजोर बच्चों का भविष्य सुधर जायेगा। यह अकेली महिला नहीं है। ऐसे न जाने कितने मध्यमवर्गीय परिवार हैं, जिन्होंने इस कोरोनाकाल में जीवन का सबसे बुरा समय देखा है और अभी भी देख रहे हैं। अपने आसपास के ऐसे लोगों की मदद अवश्य कीजिए।

स्वातिसरु जैसलमेरिया

जोधपुर।
पति-नवीन जैसलमेरिया, मोबा-७५६८०७६६४०, शिक्षा -एम. ए., शौक- लेखन, पठन-पाठन, संगीत। सम्मान-राजकीय सम्मान, वीर दुर्गादास सम्मान जोधपुर के महाराजा द्वारा, भारतीय महिला सम्मान, साहित्य संगम से रश्मिरथी सम्मान, राष्ट्रीय साहित्यक परिवर्तन मंच-मुंशी प्रेमचन्द सम्मान कई राष्ट्रीय अन्तर्राष्ट्रीय सम्मानों से सम्मान।

कोरोना आगमन व परिणाम

मित्रों, कोरोना वायरस को प्रकृति की ओर से करारा जवाब कह सकते हैं। आखिर ऐसा क्या हो गया कि लाखों लोगों का नाश? प्रकृति की सुरक्षा के लिए ईश्वर ने मानव को चुना। वह बाकी प्रजातियों को भी छत्रछाया में पाल सके। लेकिन मानव ने प्रकृति को क्या दिया ? सिर्फ प्रकृति से लिया, कभी कुछ दिया नहीं।

क्या कोरोना जैसा वायरस आने वाले भविष्य में मानव जाति के अंत की शुरूआत बनेगा? अब हम ये मान लें मित्रों, इसकी शुरुआत हो चुकी है। चीन के वुहान से अब तक दुनिया भर में करीब लाखों लोग संक्रमित हो चुके हैं । हजारों से ज्यादा की मौत हो चुकी है ।

चीन के वुहान शहर में इंसानों के खाने के लिए हर प्रकार के जानवर मिलते थे और शायद इन्हीं जानवरों में से किसी एक के अन्दर वो कोरोना वायरस था जो इंसानों के अन्दर आ गया । वो शहर जहाँ जानवरों का बाजार लगता था, वहाँ उस बाजार में करीब ११२ प्रकार के जीवित जीव-जन्तुओं का माँस व अंग बिकते थे। इसके अलावा मरे जानवरों भी मण्डी लगती थी।

वे दुर्लभ जीवों को भी खा जाते हैं। वुहान के मार्केट में चमगादड़, सुअर, गाय, भैंस, लोमड़ी, कुआला, कुत्ता, मोर, शाही भेड़िया, बच्चा, बत्तख, खरगोश, शुतुरमुर्ग, कछुआ, हिरण, साँप, संगरूर, मगरमच्छ, बिच्छू, ऊँट, घड़ियाल, गधा, मेढक, चील, याक का सिर... कीड़ा-मकोड़ा समेत हर प्रकार के जीवों का जिंदा

माँस और मरे जानवरों का माँस मिलता था। क्या ये सब खाने लायक जीव हैं? यह संसार उन मूक प्राणियों का भी है, उन्हें भी जीने का हक है। आज सारे विश्व में माँसाहार खाने का प्रचलन बहुत तेजी से बढ़ा है। यह बहुत चिन्ताजनक सवाल है।

आज प्रकृति उठ खड़ी हुई है। शायद वह मानव जाति से वो सब वसूलना चाह रही है जिसका फायदा प्रकृति ने अब तक दिया है। प्रकृति ने पूरा परिदृश्य बदल दिया। उसने अपना सन्तुलन स्वंय ही अपने द्वारा करने का निर्णय लिया है। आज लॉकडाउन के बाद प्रकृति में कितना परिवर्तन देखने को मिल रहा है।

अभी भी लोग नहीं सचेत हुए, तो बहुत देर हो जायेगी... अगर हम इस बात को नहीं समझ पाये तो वो दिन दूर नहीं जब ऐसे ही वायरस धीरे-धीरे करके मानव जाति को एक दिन समाप्त कर देंगे और एक दिन यह मानवजाति पूरी तरह से पृथ्वी से एक्सटिंक्ट हो जायेगी... विलुप्त हो जायेगी और ये संदेश हर भारतीय और विदेश वासियों को मिलना चाहिए। कहीं न कहीं प्रकृति को सम्मान देना ही पड़ेगा, उसकी अनकही आवाज को सुनना पड़ेगा। प्रकृति के सन्तुलन और उसके जीवन दर्शन के सिद्धांत को समझना पड़ेगा। हमारे द्वारा किये जा रहे प्रकृति के दोहन को रोकना पड़ेगा। तभी हम मानवता को सहेजने में सफल हो पायेंगे।

हरेराम बाजपेयी

शिक्षा- एम.ए. सेवानिवृत्त, राजभाषा अधिकारी यूको बैंक, चार कृतियाँ प्रकाशित, बालकाव्य पर मध्य प्रदेश साहित्य अकादमी पुरस्कार, आत्मकथा ५ से ७५ तक। अध्यक्ष हिन्दी परिवार, सा. मंत्री म. भा. हिन्दी साहित्य समिति, प्रबन्ध सम्पादक- वीणा मासिक पत्रिका, पूर्व सदस्य हिन्दी सलाहकार समिति वित्त मंत्रालय भारत सरकार, कई सम्मान प्राप्त हिन्दी के मॉरीशस, इंग्लैण्ड यात्रा।

मो. ६२२६४६६२२५।

लॉकडाउन में साहित्य

जिन्होंने भी हिन्दी साहित्य का इतिहास पढ़ा है, वह आदिकाल, वीरगाथाकाल, रीतिकाल, भक्तिकाल, मध्यकाल, आधुनिककाल के नाम से परिचित हैं। मेरा मानना है कि अब आगे हिन्दी साहित्य में एक नयी शाखा कोरोनाकाल का नाम होगा। कोविड -१९ ही कोरोनाकाल कहलाया। इस काल को भुलाया नहीं जा सकता। यूँ तो साहित्य सृजन के आधार पीड़ा, दर्द, अवसाद, प्रेम, प्रकृति आदि माने जाते हैं। प्रायः सुनने में आता है वियोगी होगा पहला कवि, आह से उपजा होगा गान। आरम्भ में बादशाहों के शौर्य, वीरता की गाथाएँ, नारी शृंगार लिखा। जब सत्ता, सुरासुंदरी में डूबने लगे, तो रामकृष्ण ने सूर, तुलसी, मीरा से मिलाया। स्वतंत्रता बाद दलित, जाति, धर्म, नारी-शोषण, देशप्रेमी, वामपंथ, दक्षिणपंथ, आदि।

अब मैं कोरोनाकाल पर चर्चा करूँगा। अचानक कोरोना की चपेट में सम्पूर्ण विश्व आ गया। बेतहाशा दौड़ती-भागती दुनिया की साँसे तेज होने के बजाय रुकने-सी लगीं। सामाजिक, राजनीतिक, आर्थिक विकास की धाराएँ २२ मार्च २०२० को लॉकडाउन से थम गयीं। जो जहाँ थे वहीं रुक गये, घरों में कैद हो गये। परिणामस्वरूप घरों में मानव शक्ति के बन्द हो जाने के कारण कल-कारखाने, आवागमन, वायुयान, मजदूर, किसान, नेता, अभिनेता, शिक्षण-संस्थान, सब बन्द हो गये।

अस्पताल, एम्बुलेंस और दवाइयों की दुकानें खुली रहीं। प्रकृति का स्वरूप बदल गया। सामाजिक धरातल, बेरोजगारी, भुखमरी, पलायन, अप्रत्याशित मौतें, सामाजिक सम्बन्धों पर कफन, उफ! कुछ दिन, माह गुजरे और अब एक वर्ष! मानव ने जहाँ बहुत कुछ खोया, वहीं नयी खोजों के रास्ते बनाये, जिसमें दर्द, मौत, लाशें, जिंदगी की यादें, जद्दोजहद, पीड़ा, पीड़ितों की सेवा, पुलिस प्रशासन, कोरोना योद्धा, मास्क, सेनेटाइजर, जैसे नये शब्द सुनने में आये। घरों में कैद सरस्वती पुत्रों ने कलम उठायी और शुरू कर दिया लिखना।

इस काल में बहुत सृजन हुआ। जो कभी सुनते नहीं थे, वह लिखने लगे। कविता, लघुकथा, आलेखों की भरमार हो गई। कागज की बजाय नया तकनीकी स्वरूप मिला। काव्य गोष्ठियाँ, पुस्तक लोकार्पण सब ऑनलाइन होने लगे। इन्दौर में कोरोनाकाल में ऑनलाइन सक्रियता रही। इन्दौर लेखिका संघ, वामा साहित्य मंच, हिन्दी परिवार, अखण्ड सण्डे, पाठक संसद, संस्कृति साहित्य मंच, रोटरी काव्य मंच आदि। इसके अलावा भी बहुत जिनका मैं नाम नहीं ले पाया। मैं इतना ही कहूँगा आँसू बहाने वाली रचनाओं से लेकर हास्य व्यंग्य, चुटकुला, को स्थान मिला इतना लिखा गया कि आगे विद्यार्थी सम्भव है पिछले काल भूलकर कोरोनाकाल का साहित्य पढ़ेंगे। फिर भी इतना कहूँगा- कोरोना अभी मरा नहीं है, संकट अभी टला नहीं है।

अतः संयम, सुरक्षा जरूरी है ताकि कलम चलती रहे।

हेमलता (हेमा)

मो० ६००६४६६३६८।
शिक्षा -बी.काम., (इकोनॉमिक्स)
प्रोफेशन -कई वर्षो का स्कूल ओर कोचिंग का अनुभव। लेखन- कविता, कहानी, लघुकथा, गजल, लेख। रुचि- पठन-पाठन, गीत-संगीत, कव्यपाठ। सदस्य- मनपसन्द कला साहित्य मंच, संस्कृति साहित्य मंच, अन्तर्राष्ट्रीय हिन्दी परिषद, मुम्बई अग्नि शिखा मंच, साहित्यिक मित्र मण्डल, जबलपुर। सम्मान-दुर्गाशक्ति सम्मान, दीपशिखा सम्मान, हिन्दी सेवी सम्मान।

कोरोना का आगमन

आयी जो ये महामारी अबके
बेगाने तो थे ही बेगाने कल तक
अपने भी हुए बेगाने अब तो ।।

नये- नये भारी-भरकम शब्दों से
हुए रोज परिचित नये अंदाज से
लगने लगा नयी दुनिया में आ गये ।।

क्वारण्टाइन, मास्क, सैनिटाइजर
जैसे अनोखे-से शब्द जो
अब तो अपने से लगने लगे।।

मुश्किल घड़ी की थी ये शुरूआत
बाजार, स्कूल, होटल हुए बन्द
कुछ दिन तो कट गये मौज में।।

पर अब औरतों की हुई फजीहत
बाई बनी महारानी घर की रानी
रोज नयी फरमाइश करती पूरी ।।

एक तरफ सामान कम की फिक्र
दूजी तरफ अपनों की ख्वाहिश
चल रही रोज यही खींचातानी ।।

किन्तु अब असली परीक्षा की बारी
डॉक्टर, नर्स, पुलिस की हो रही थी
दो गज दूरी मास्क है जरूरी बताते।।

दिन सप्ताह महीने गुजरे पर
अब लगने लगा है कैसे कटेंगे
ये पहाड़ भरे लम्बे-से दिन रात ।।

काश कोई लौटा दे पहले-से दिन
बिना टेंशन बिना मास्क के बेफिक्र
घूमने फिरने, मेल मिलाप के दिन।।

हंसा मेहता

शिक्षा-एम.ए. हिन्दी, प्रकाशित काव्य संग्रह-आहट, मन्थन, हमारी धरा-बाल काव्य संग्रह प्रेस में।
सम्मान- क्रांतिधारा अन्तर्राष्ट्रीय साहित्य साधक सम्मान, क्षितिज अखिल भारतीय लघुकथा सम्मान, भाषा गौरव सम्मान, सुशीला देवी सम्मान। लेखन- कविता, कहानी, लघुकथा, बालकथा, आदि। पता-१३८ साउथ तुकोगंज, इन्दौर, मोबा-९१-९८२७७३०६७७।

कोरोना वायरस

लैटिन भाषा में कोरोना का अर्थ मुकुट होता है। डब्ल्यूएचओ ने इसका नाम सार्सकोव रखा। इलेक्ट्रान सूक्ष्मदर्शी में आकार मुकुट जैसा है। यह मानव बाल की तुलना में ९०० गुना छोटा है और तेजी से विश्व में फैला। दिसम्बर २०१९ में सर्वप्रथम चीन में पकड़ आया। चमगादड़ ५३ से अधिक महामारियों के वायरस का वाहक है।

१९३० में मुर्गी में श्वसन प्रणाली, १९६० में मनुष्य श्वसनतंत्र को प्रभावित किया, २००२ से खाँसने, छींकने से फैला। यह तीव्र श्वसन सिंड्रोम था, जो कोविड-१९ जैसा ही था। जिसे सार्सकोव नाम दिया। कोवीड-१९ अत्यन्त घातक है। अभी तक विश्व में एक करोड़ से अधिक लोगों की मौत हो चुकी है।

हर सौ साल में कोई महामारी विश्व में आती है। १३४६ में प्लेग, जिसे ब्लैकडेथ नाम दिया। विश्व में बीस करोड़ मौतें हुई थीं। १५२० में पुर्तगालियों से चेचक फैली। १९१८ में स्पेनिश फ्लू से पाँच करोड़ लोग मरे। १९८० से तीन करोड़ बीस लाख मौत एड्स से हुई।

कोरोना से हर व्यक्ति प्रभावित हुआ। नौकरी छूटना, घर में रहने से अवसाद में जाना, लोग खाने को मोहताज हुए। कुछ को मृत्यु ने झकझोरा। दवाई, खाद्य-पदार्थों की व्यवस्था करना कठिन था।

ऑनलाइन पढ़ाई हो रही है, पर आर्थिक रूप से कमजोर परिवार के बच्चों के लिए मोबाइल, लैपटॉप की व्यवस्था नहीं कर पा रहे थे। कइयों ने जेवर

बेचकर व्यवस्था की, लेकिन जो नहीं कर पाये, उन बच्चों की पढ़ाई रुक गई।

कुछ को रोटी भी नसीब नहीं हो रही थी। इलाज को पैसा न होने के कारण बेटा, पति पत्नी या बेटी की मृत्यु हो गई। कई शहर, देश लाशों के ढेर में बदल गये। परिवारीजन मरने के बाद अपनों के अन्तिम दर्शन न कर पाये। ३० जनवरी को केरल में पहला संक्रमित मिला था। ३२४ दिन के बाद संख्या एक से एक करोड़ हो गयी।

१४३००० लोग अपनी जान गवाँ चुके हैं। ३० जनवरी को वुहान से लौटी २० साल महिला पहला केस थी। १२ मार्च को सऊदी अरब से लौटे ७६ साल के व्यक्ति की मौत भारत में पहला केस था।

चिन्ता का विषय था- अपने को मानसिक अवसाद से बचाना, बच्चों, बुजुर्गों का अपने में व्यस्त रहना। मोबाइल, लैपटॉप, ऑनलाइन शिक्षा, व्हाट्सएप का प्रयोग बढ़ा। ताश, कैरम, शतरंज, चाइनीज चेकर, साँप सीढ़ी, लूडो फिर याद आये।

महामारियाँ कई बार आयीं, पर ऐसा पहली बार हुआ जब विश्व का हर व्यक्ति प्रभावित रहा। लाशों से श्मशान, कब्रिस्तान पटे थे। अस्पतालों में जगह नहीं थी। पूरा विश्व एक साल से दहशत के साये में है। ईश्वर से प्रार्थना है सन् २०२०-सा वर्ष कभी लौटकर न आये। वर्ष २०२१ हम सभी के लिए शुभ हो। हमने बहुत कुछ खोया है। सदस्य, शांति, धैर्य, धन व्यवसाय व्यवस्था, मानसिक सन्तुलन। अपने आपको फिर से पाना है, बहुत कुछ करना है, जीतना है हारा हुआ सब कुछ।

श्रुति चौबे

इन्दौर। शिक्षा-बी.बी.ए.(मानव संसाधन) लेख- कविता, कहानी, लघुकथा, भजन, गीत आदि। रुचि- गायन, बागवानी, व समाज सेवा। सम्प्रति- सदस्या- अ. हिन्दी महिला परिषद, संस्कृति साहित्य मंच, विद्योत्मा फाउण्डेशन। सम्पर्क - ५०६ साईं कृपा कालोनी, इन्दौर। मो० ७०००५८५१५४।

कोरोना और त्योहार

भारतीयता का रंग है एक
अनेकता में एकता यही है उद्देश्य
होते हैं कई त्योहार यहाँ
सब मिल-जुल हो जायें एक यहाँ

इस वर्ष कोई त्योहार न था
मिलने का कोई आसार न था
अपना कौन पराया कौन
होकर दूर रहे एक-दूजे से मौन

घेर रखा था बीमारी ने चहुँ ओर
सूझ नहीं रहा था अब कुछ और
ऐसा अवसर अनोखा ही था पहला
सुरक्षा अपने ही घर बाकी झमेला

न हाथ मिलाओ न गले मिलो
त्योहारों पर भी घर में खुशी मनाओ
न कोई घर छूटा जैसा

बीमारी का भय न हो ऐसा
बाहरी मिठाई, नमकीन न हो
घर में बने पकवान, सात्विकता हो

न पहने कोई नये वस्त्र
सब कार्यों का तोड़ ऑनलाइन अस्त्र
भाग जाये जल्दी से कोरोना
अब न कोई इस जैसा होना

थम गया है पूरा संसार
मिटने के हो जल्दी से आस
रखो दो गज दूरी मास्क है जरूरी
रखो ध्यान सभी का हो सुरक्षा पूरी

www.ingramcontent.com/pod-product-compliance
Ingram Content Group UK Ltd.
Pitfield, Milton Keynes, MK11 3LW, UK
UKHW042131021026
15589UKWH00003B/756

9 789391 531003